AF296842

PENSÉES CHRÉTIENNES

SUR

LES ÉVÉNEMENTS

Lb 57
933
A

PARIS. — IMP. VICTOR GOUPY, RUE GARANCIÈRE, 5.

PENSÉES CHRÉTIENNES

SUR LES

ÉVÉNEMENTS

PAR MGR LANDRIOT

ARCHEVÊQUE DE REIMS

NOUVELLE EDITION

PARIS

VICTOR PALMÉ, LIBRAIRE-EDITEUR

RUE DE GRENELLE-SAINT-GERMAIN, 25

1872

PRÉFACE DE L'ÉDITEUR

Au milieu des grandes calamités, on sent le besoin d'entendre des paroles consolantes, et de pouvoir se livrer à l'espérance de la fin prochaine des maux qu'on endure. Telle est la situation actuelle de la France, qui subit les tristes conséquences d'une effroyable guerre, suivie d'une autre guerre plus effroyable encore, et qui se demande si elle est bien au terme de ses souffrances, si tout est bien fini, et si elle n'a pas à redouter des malheurs plus grands que ceux qu'elle vient d'endurer.

. Nous avons près de nous un horrible passé, n'avons-nous pas un plus horrible avenir devant nous ?

Si nous examinons les causes de nos malheurs, l'espérance ne paraît guère permise, puisque toutes ces causes subsistent : l'impiété, l'immoralité, le blasphème, la profanation du dimanche, la guerre à Dieu : *nolumus hunc regnare super nos.* Les mêmes causes doivent produire les mêmes effets; nous marchons donc à de nouvelles catastrophes, et c'est pourquoi les plus fermes esprits se troublent, les plus honnêtes gens s'effrayent, et l'on ne voit guère de confiance et d'exaltation que chez les méchants, malgré leur récente défaite, ce qui est un motif de plus de crainte et de désapoint.

N'y a-t-il donc pas quelques symptômes qui permettent l'espérance et qui justifient la confiance en de meilleurs jours? Humainement, il est difficile d'en apercevoir;

aux yeux de la foi, l'avenir est moins sombre et se présente avec des signes plus rassurants. Il ne s'agit pas ici de prêter la voix aux prophéties plus ou moins authentiques et respectables, qui sont, dans leur ensemble et dans leurs détails, presque aussi effrayantes que consolantes ; mais il faut étudier attentivement les voies de la justice et de la miséricorde de Dieu ; cette étude raffermira les cœurs et ranimera le courage, qui ne peut exister sans être accompagné de l'espérance.

C'est ce que l'éminent archevêque de Reims, Mgr Landriot, dont le diocèse a été si cruellement éprouvé par la guerre, a fait, dans les trois discours que nous publions aujourd'hui, les deux premiers, prononcés dans sa cathédrale, les 3e et 4° dimanches de l'Avent 1870, au milieu de la guerre et en présence même des envahisseurs, le troisième, à Charleville, à deux pas de Mézières, dont les ruines fument encore, et dont l'église incendiée n'aurait pu recevoir son auditoire.

Dans les deux premiers discours, placé vis-à-vis de ses auditeurs comme l'avait été autrefois saint Jean Chrysostome à Antioche, pendant que son évêque, saint Flavien, allait implorer la clémence de l'empereur Théodose, Mgr Landriot cherche à consoler son peuple en lui exposant les causes des révolutions des empires, les causes intimes de la chute des nations, causes dont le péché est la principale, *justitia elevat gentes, miseros facit populos peccatum*, et en montrant dans la connaissance de ses causes le moyen et l'espoir de la guérison et de la résurrection. « Les malheurs publics, dit-il, sont, dans les intentions de la Providence, un moyen de châtier, de purifier et d'instruire les nations. » Le châtiment ayant fait son œuvre de justice, n'est-on pas en droit d'attendre l'œuvre de la purification que suivra aussitôt l'œuvre de la miséricorde et de la réparation? Dieu est un père qui, alors même qu'il châtie, n'oublie jamais sa miséricorde : la France allait s'endormir dans la mort de la corruption, de l'orgueil et de l'impiété; Dieu a appliqué le fer rouge à ces plaies dont elle ne s'apercevait même pas, et la souffrance même est devenue un moyen de rappeler la vie. L'éloquent archevêque conclut donc ainsi son deuxième discours : « Le vrai chrétien ne se laisse jamais abattre; le regard fixé sur l'étoile de la Providence, il continue sa route, il espère contre l'espérance même, et l'avenir finit toujours par lui donner raison, parce que l'espérance et l'amour sont le dernier mot des œuvres de Dieu, et que celui qui espère ne sera jamais confondu. »

Le troisième discours, prononcé le 8 octobre dernier (1871), après la conclusion de la paix, mais lorsque l'étranger occupe encore Charleville et Mézières, où tant de ruines s'étaient accumulées après le deuxième discours, n'est ni moins éloquent, ni moins instructif que les deux premiers. A la vue des ruines, le cœur de l'archevêque s'émeut et sa parole prend des accents plus attendris et plus touchants : c'est un père qui pleure avec ses enfants pour les consoler, en même temps qu'un docteur qui remonte encore une fois à la cause de tant de maux, qui apprend aux innocents les raisons supérieures et les mérites de leurs souffrances, et qui, malgré la présence de l'étranger vainqueur, malgré les ravages de la flamme et du fer dont il a les témoignages sous les yeux, malgré le crêpe funèbre qui recouvre les villes et les campagnes de son diocèse et de tant d'autres provinces, pousse ce grand cri d'espérance chrétienne et patriotique : « Si le souffle chrétien se répand de nouveau sur les villes et

les campagnes, rien ne sera perdu ni compromis, tout renaîtra à une vie nouvelle :
aux quatre coins de l'horizon, les générations qui semblent affaissées se relèveront,
il s'en formera une multitude innombrable, et cette armée se tiendra debout dans
une attitude qui commande le respect et
au besoin la crainte au dehors, et qui démontre la sécurité à l'intérieur... Alors
nous serons établis dans la paix sur ce
beau sol de la patrie. Alors la gloire sera
à Dieu au plus haut des cieux, parce que la
nation française se reconnaîtra comme
l'enfant de Dieu et la fille aînée de l'Église ;
et la paix, sur la terre, sera pour toutes
les âmes de bonne volonté. »

Le désespoir est mauvais, il n'est pas
chrétien, il ne doit pas être français ; mais
l'espérance du triomphe, sans le retour au
bien et à la vérité, serait présomption.
Mgr Landriot veut qu'on espère, mais il
veut qu'on prie, qu'on fasse de bonnes

œuvres, qu'on reconnaisse le souverain domaine de Dieu; il veut, en un mot, que la France se montre digne de son beau titre de fille aînée de l'Église. Là est le salut ! On nous saura gré, sans doute, d'avoir publié les trois discours de l'éloquent archevêque, afin d'en porter les leçons et les espérances au delà des limites de son diocèse.

P   s, novembre 1871.

V PALMÉ, *éditeur*.

....

Nota. — Dans la préface nous avons indiqué les discours de Mgr Landriot, selon l'ordre chronologique. Mais dans l'imprimé, nous avons commencé par le discours prononcé à Charleville, le 8 octobre 1871, que nous faisons suivre des deux discours prononcés à Reims, en Avent de 1870.

AVIS DE L'ÉDITEUR

POUR LA QUATRIÈME ÉDITION

———

Le dimanche, 8 octobre 1871, Mgr Landriot, Archevêque de Reims, s'était rendu à Mézières-Charleville, pour y conférer le sacrement de confirmation. A l'issue des vêpres, le Prélat monta en chaire, et adressa la parole aux habitants de ces villes infortunées que la guerre a si cruellement éprouvées. L'orateur, s'inspirant de la situation, prononça le discours suivant que nous trouvons dans le *Bulletin* du diocèse de Reims, et qu'un grand nombre de personnes nous ont manifesté le désir de posséder.

Nous le faisons suivre de deux autres discours que Mgr Landriot prononça l'an dernier, pendant l'Avent, dans sa cathédrale, au milieu même de l'invasion. Ces discours, intitulés : *Pensées chrétiennes sur les événements,* sont pleins d'actualité. Trois éditions sont enlevées, et nous croyons être utile au public en les éditant de nouveau.

PENSÉES CHRÉTIENNES

SUR

LES ÉVÉNEMENTS

DISCOURS

PRONONCÉ A MÉZIERES-CHARLEVILLE LE 8 OCTOBRE 1871

A L'OCCASION DE LA CONFIRMATION

Dominus fortitudo plebis suœ (Psal, 27, 8.)
Le Seigneur est la force de son peuple.

Le Seigneur est le grand principe de force qui soutient l'univers : c'est par lui que les cieux exécutent leurs admirables mouvements, et que les astres, au milieu des nombreuses et successives transformations qui sont comme les crises de leur existence, arrivent à leurs périodes d'état fixe et déterminé. C'est par lui que, dans l'ordre moral, les caractères se revêtent de force et de courage pour supporter les luttes de la vie : c'est par lui que les nations, soumises à de cruelles épreuves, retrouvent la vigueur nécessaire pour reconstituer les assises de leur avenir, au milieu de ruines amoncelées de toutes parts.

O chers habitants de Mézières et de Charleville, et vous tous, mes chers enfants des Ardennes, qui avez été si douloureusement éprouvés, surtout aux environs de Bazeilles et de Sedan, ô mes frères bien-aimés, vous comprenez ma pensée. Vous venez tous de passer par une de ces crises horribles, telle qu'on en voit rarement dans la vie des peuples. Vous avez pu dire avec le Prophète : « Voyez, Seigneur, voyez mon affliction ; mes entrailles se sont émues, mon cœur a été bouleversé, tout mon être a été rempli d'amertume. A l'extérieur, c'était le glaive ; au dedans, les craintes, les incendies, le bombardement préparaient une mort semblable, *foris interficit gladius, et domi mors similis est* (1). Votre archevêque vient de nouveau au milieu

(1) *Thren.*, I, 20.

de vous avec une affection toute paternelle,
il vient vous voir, vous consoler, vous forti-
fier. Ce ne sont pas seulement vos enfants
qu'il est venu confirmer : c'est vous-mêmes
qu'il voudrait confirmer dans la foi, dans l'espoir, dans la confiance en Dieu, dans la pratique des vertus chrétiennes. C'est votre courage qu'il voudrait relever encore, en rappelant à vos âmes quelques-unes des grandes
pensées de la foi.

Il est des situations critiques et affreuses
dans la vie des peuples où, par un ensemble
de circonstances que l'homme ne peut pas
prévoir, d'horribles fléaux s'abattent comme
des oiseaux de proie sur les populations : que
ces fléaux s'appellent la famine, la peste, la
guerre. Alors, dans l'horizon des peuples,
c'est quelque chose d'analogue à ce qui se
passe sous l'horizon du ciel lorsque, comme
dit le Prophète, le feu, la grêle, la neige, l'esprit des tempêtes s'est déchaîné, *ignis, grando,
nix, glacies, spiritus procellarum* (1). Alors la

____

(1) Ps. CXLVIII, 8.

confusion est générale, les nations s'agitent
en tous sens comme les vagues de la mer, et
la commotion s'étend partout, semblable à
ces bruits stridents que les échos multiplient
et propagent en les augmentant. A ces heures
de crise solennelle, ceux qui n'ont pas la foi
se demandent s'il y a un Dieu dans le ciel
qui s'occupe des choses humaines. Ils semblent nous dire : Où est donc votre Dieu?
qu'est donc devenue cette Providence qui, selon vous, avait compté tous les cheveux de
notre tête, pour n'en laisser tomber aucun
sans sa permission? Ils seraient tentés de ne
plus croire qu'à la fatalité, et de ne plus admettre qu'une force aveugle, qui précipite les
événements et les malheurs, en dehors de
toutes les raisons, et contrairement à toutes
les causes connues.

Pour nous, chrétiens, nous savons qu'il est
un Dieu dans le ciel, qui préside au gouvernement des choses de ce monde, et que les
plus grands événements, comme les plus pe-
tits, sont prévus par son infinie sagesse.
Nous savons qu'il est des heures dans la vie

de l'humanité, où les peuples ont besoin de purification et de solennel avertissement, parce que les notions du bien et du mal se sont obscurcies, et que la rouille de l'iniquité a recouvert l'or des âmes, *obscuratum est aurum, mutatus est color optimus* (1). Alors, à des époques que la Providence a prévues, et ordinairement, quand le mal est arrivé à son comble, le suprême Ordonnateur du monde permet de ces événements, qui se dressent tout à coup comme la mer en furie, barrent le passage au cours ordinaire des choses, purifient comme l'onde amère de l'Océan, ou comme des flammes pénétrantes qui iraient partout chasser l'élément impur et mauvais, dont le contact a souillé l'œuvre de Dieu. — Mais, écoutez le prophète Isaïe, qui va écrire une page d'histoire contemporaine : « Malheur à vous qui traînez une longue suite d'iniquités avec les cordes de la vanité... Malheur à vous, qui dites que le mal est bien et que le bien est mal, qui donnez aux ténèbres le nom

____

(1) *Thren.*, IV, 1.

de lumière, et à la lumière le nom de ténèbres. C'est pourquoi, continue le Seigneur, il
y aura des langues de feu qui se répandront
partout et qui consumeront les choses humaines comme de la paille, *sicut devorat sti-
pulam lingua ignis ;* une flamme ardente dé-
vorera tout sur son passage, *et calor flammæ
exurit.* Car ils ont foulé aux pieds la loi du
Seigneur, et ils ont blasphémé la parole du
Saint d'Israël. C'est pourquoi la fureur de
Dieu s'est allumée contre son peuple, il a
étendu sa main, et il l'a frappé... les montagnes ont été ébranlées... et les cadavres ont
été jetés comme des germes de putréfaction
dans les campagnes et au milieu des places
publiques, *et. facta sunt morticina eorum,
quasi stercus in medio platearum...* Le Seigneur lèvera son étendard pour servir de si-
gnal à un peuple éloigné. Il donnera un coup
de sifflet qui retentira jusqu'aux extrémités
de la terre : et ce peuple, appelé par le Tout-
puissant, accourra aussitôt avec une vitesse
prodigieuse. Il ne sentira ni lassitude, ni travail : il ne dormira ni ne sommeillera point;

il ne quittera jamais le baudrier dont il est ceint, et un seul cordon de ses souliers ne se rompra point dans sa marche. Toutes ses flèches ont des pointes perçantes, et tous ses arcs sont toujours bandés. La corne du pied de ses chevaux est dure comme le caillou, et la roue de ses chariots est rapide comme la tempête. Il rugira comme un lion, il poussera des hurlements terribles comme les lionceaux; il frémira, il se jettera sur sa proie, et il l'emportera sans que personne puisse la lui arracher. En ce jour-là, il s'élancera sur Israël avec des cris semblables au bruissement des flots de la mer. Nous regarderons de tous côtés sur la terre pour chercher du secours, et nous ne verrons que ténèbres et affliction : aucun rayon de soleil ne nous apparaîtra dans une obscurité si profonde, *aspiciemus in terram, et ecce tenebræ tribulationis, et lux obtenebrata est in caligine ejus* (1).

Vraiment, mes frères, rien ne manque à cette description, et l'on dirait qu'Isaïe avait

____

(1) *Isaïe*, V, passim.

1.

en vue la triste campagne de Sedan et toutes
ses conséquences.

Chrétiens, n'est-il pas vrai qu'en France depuis de longues années on foulait presque partout aux pieds la loi de Dieu, et qu'on blasphémait les vérités éternelles, *eloquium sancti Israël blasphemaverunt?* N'est-il pas vrai que les notions du bien et du mal étaient confondues, que les doctrines ténébreuses et malsaines s'appelaient les clartés du siècle des lumières, tandis que l'on réservait à la vraie lumière le nom dérisoire de ténèbres du moyen âge, *ponentes tenebras lucem, et lucem tenebras?* N'est-il pas vrai que les hommes du siècle avaient une confiance exclusive en eux-mêmes et dans les progrès de la civilisation, et que, pour parler le langage d'Isaïe, ils mélangeaient ensemble le vin de toutes les erreurs pour donner aux générations la plus terrible des ivresses, l'ivresse de l'intelligence et du cœur, *viri fortes ad miscendam ebrietatem?*

Il fallait une leçon à toutes ces folies et à tous ces crimes : elle a été donnée, et avec une promptitude qui a presque devancé la rapidité de la foudre.

Au milieu de ces effroyables malheurs, les vrais chrétiens s'humilient sous la main puissante de Dieu ; ils disent au nom de tout le peuple : Seigneur, nous avons péché, nous avons commis l'iniquité, *peccavimus, inique fecimus, injuste egimus* (1). Mais bien loin de nous décourager, nous nous relevons pleins de confiance en la bonté, la puissance et la miséricorde de notre Père. Nous nous écrions avec un des chefs du peuple de Dieu : « Seigneur, Dieu de nos pères, à vous la force et la puissance ; nous sommes trop faibles pour résister à cette multitude d'ennemis et de calamités qui font irruption sur nous : et comme nous ignorons ce que nous devons faire il ne nous reste plus qu'à nous jeter entre vos bras (2). »

Les philosophes de l'antiquité disaient, que quand même l'univers s'écroulerait, le juste demeurerait impassible sur ses ruines. Chré-

(1) *II Paral.*, VI, 37.
(2) *II Paral.*, ch. XX, v. 6, 1.

tiens, aurions-nous moins de courage que les
païens? — Rappelons-nous que ce monde et
tout ce qui s'agite en ce monde est une figure,
un fantôme qui passe, que nous sommes des
pèlerins toujours sous la tente du désert, que
bientôt nous serons dans l'éternité, où nous
nous réjouirons de tout ce que nous aurons
souffert ici-bas, *lœtati sumus-pro diebus qui-*
bus nos humiliasti, annis quibus vidimus
mala (1), pourvu que nous l'ayons enduré avec
la patience et la résignation chrétiennes. —
Peut-être avions-nous oublié ces grandes vérités : peut-être nous étions-nous installés sur la
terre, avec l'unique pensée de jouir et de sa-
tisfaire notre sensualisme. Alors cette grande
commotion volcanique est arrivée; elle nous
a rappelé ce que nous faisions semblant d'i-
gnorer; elle nous a rappelé que tout est pas-
sager, transitoire sur la terre et que le bonheur de ce monde est aussi fragile que le verre,
vitrea felicitas, comme dit saint Augustin.
Elle nous a fait sentir par une cruelle expé-

(1) Ps. LXXXIX, v. 15.

rience, que le sol où marche l'humanité est un sol volcanique, et qu'au moment où l'on y pense le moins, une formidable éruption vient détruire toutes les espérances du lendemain.

Mais au milieu de toutes ces secousses, l'âme chrétienne ne perd pas l'espoir : elle a une souveraine confiance en Dieu, elle sait que l'épreuve ne sera jamais au delà de ses forces, et que Dieu augmente la grâce et les bienfaits avec les tribulations. Si elle a subi des pertes considérables dans sa position temporelle, elle a confiance en celui qui nourit les oiseaux du ciel, et qui, comme disait Sainte Catherine de Sienne, se fait le pourvoyeur même temporel de ceux qui ont confiance en lui. Et son abandon est arrivé à un tel degré, qu'elle pourrait répéter avec le Prophète : « quand même le Seigneur m'écraserait, j'aurais confiance en lui (1). »

C'est ainsi, MES TRÈS-CHERS FRÈRES, qu'il faut comprendre et supporter les adversités de la vie, les malheurs publics et particuliers.

(1) Job, XIII, 15.

Quand Dieu les permet, il a ses raisons de justice et aussi de miséricorde pour nous. Quand Dieu les permet, il faut nous humilier avec un sentiment d'amour et de résignation ; et ce calme et cette suavité intérieure que donne la patience chrétienne, sont déjà la moitié du remède, tandis que l'irritation intérieure ne fait qu'aigrir la souffrance, et lui donne beaucoup plus d'amertume.

L'Écriture Sainte dit « que les pensées des âmes robustes sont toujours pleines d'une riche abondance, *cogitationes robusti semper in abundantiâ* (1). » Cet héroïsme et cette vigueur de pensées se montrent surtout dans l'adversité. Quelles que soient les secousses intérieures et extérieures, les pensées et les résolutions des âmes robustes jaillissent avec une nouvelle puissance. C'est comme ce puits d'eau vive dont parle l'Écriture, et auquel les agitations du sol, loin de le rendre stérile, donnent une nouvelle surabondance de fraîcheur et de vie.

(1) *Prov.*, XXI, 5.

Ailleurs il est dit encore : que le souffle qui anime les âmes robustes est aussi puissant que le tourbillon, quand il renverse les obstacles, *spiritus robustorum quasi turbo impellens parietem* (1). Je dois le dire à votre louange, MES TRÈS-CHERS FRÈRES, et pour rendre hommage à la vérité ; partout dans ces contrées, j'ai admiré ce souffle puissant des âmes robustes dont parle l'Ecriture : partout le souffle des âmes plus fortes que le malheur, et qui travaillent énergiquement à restaurer les ruines, ruines matérielles et ruines morales. Partout l'esprit de vie qui lutte contre les vestiges de la mort ; partout la restauration des édifices, de l'espoir, du courage, et de l'infatigable vigueur : partout des germes de vie qui se montrent dans ces champs où s'est promenée la dévastation. En vain des difficultés de tout genre se dressent partout : le souffle des âmes robustes et des cœurs généreux les renverse. On dirait, pour rappeler la parole de l'Ecriture, que c'est un tourbillon animé

(1) *Isaïe*, XXV, 4.

par un esprit de vie féconde qui se promène dans nos contrées, en appelant à la vie et à la résurrection tout ce qui était flétri et qui semblait mort. Courage, braves habitants des Ardennes, votre conduite est de l'héroïsme! et j'oserai dire qu'il y a plus de bravoure à lutter contre des difficultés presque insurmontables, à ensemencer les champs de la mort pour y récolter avec tristesse les espérances de l'avenir ; il y a plus de courage à lutter ainsi avec de cruelles angoisses et pendant des années, qu'à verser une fois pour toutes son sang sur un champ de bataille. Ici le martyre est de quelques secondes : là il peut, comme une tunique ensanglantée, envelopper la vie tout entière.

Mais il est une question qui sans doute s'est présentée à quelques-uns de mes auditeurs, et que je ne veux pas laisser sans réponse. Pourquoi les populations si bonnes et si religieuses des Ardennes, populations honnêtes et pacifiques, pourquoi en particulier la bonne ville de Mézières a-t-elle porté d'une façon si douloureuse et si cruelle, le poids déjà si lourd

de la guerre? — Ici, MES TRÈS-CHERS FRÈRES,
nous devons rappeler une des lois les plus
mystérieuses de la Providence : il faut bien la
comprendre, pour suivre avec docilité la marche de Dieu et ne point blasphémer. Quand
le Seigneur décrète l'expiation des crimes de
l'humanité, il choisit ordinairement les victimes les plus innocentes : depuis l'effusion
du sang d'Abel jusqu'à l'immolation du Cal-
vaire, depuis les apôtres jusqu'aux saints de
notre époque, cette loi reçoit son application,
et partout nous retrouvons l'innocence dont
la douleur et le martyre sont la rançon du
monde, aux différents siècles de notre histoire. — Vous me demandez pourquoi les Ardennes si cruellement flagellées? Chrétiens,
m'autorisez-vous à vous faire une réponse qui
doit vous rendre en un sens fiers et glorieux?
— Pourquoi la victime innocente du Cal-
vaire chargée de payer les iniquités de l'univers? Cette comparaison vous honore, et cet
exemple est une réponse à tout. Cette réponse
vous ennoblit, elle vous donne une position
magnifique aux yeux de la foi, elle vous fait

participants à la grande œuvre du salut et de
la rédemption du monde. O chers habitants
de Mézières, de Bazeilles et de tant d'autres
localités qui ont expié si douloureusement le
tort très-innocent de se rencontrer sous les
pas de l'ennemi, je vous adjure d'oublier pour
un instant les tristesses de l'année qui vient
de s'écouler ; constituez-vous par la foi et
l'amour les victimes volontaires de notre si
malheureuse patrie. Formez un faisceau de
toutes les souffrances anciennes et nouvelles,
de toutes les angoisses, de tous les malheurs.
Offrez à Dieu ce sacrifice immense, si profondément douloureux ; et vous contribuerez à
sauver l'avenir de la France, à payer sa rançon
à la justice de Dieu. Et quelle place vous oc-
cuperez dans le ciel, à côté de Celui qui a souffert le premier pour nous, victime injuste des
passions humaines ! Comme chaque cicatrice
de vos douleurs se changera en rayons de
gloire et de bonheur !

D'ailleurs, MES TRÈS-CHERS FRÈRES, quelle
est l'âme juste qui n'ait pas de fautes plus ou
moins considérables à se reprocher ? Quel est

le chrétien, dans la vie duquel l'œil de la Providence ne pourrait pas montrer un et plusieurs endroits où frappe très-légitimement la justice de Dieu, tandis que la main de l'homme commet une injustice en frappant? Souvent les passions très-injustes de l'humanité accomplissent dans une sphère supérieure les desseins et les ordres de la justice de Dieu. Ne raisonnons donc point dans le malheur, et surtout ne raisonnons point contre Dieu. Soumettons-nous avec amour et résignation, et Dieu nous soutiendra : non seulement il nous soutiendra, mais déjà je le vois qui prépare à l'horizon des jours meilleurs pour ceux qui l'aiment et ne perdent jamais l'espoir : car tel est le tempérament moral des vrais enfants de la Providence ; ils espèrent toujours, ils espèrent, alors même que tout semblerait désespéré, *bonæ spei fecisti filios tuos* (1) — *in spem contra spem credidit* (2).

O mes frères bien-aimés ! mon pauvre dio-

(1) Sap., XII, 19.
(2) Rom., IV, 18.

cèse, par suite de cette guerre désastreuse, a
été surtout en certaine localité, presque réduit à l'état de cette vaste campagne dont
parle le prophète Ezéchiel : « La main du Seigneur s'étendit sur moi, dit le Prophète, elle
me conduisit et elle me laissa au milieu d'une
campagne qui était remplie d'ossements.
Alors le Seigneur me dit : Fils de l'homme,
croyez-vous que ces os puissent revivre. Je lui
répondis : Seigneur, vous le savez. Et le Seigneur me dit : Prophétisez sur ces os et dites-
leur : Ossements arides, écoutez la parole du
Seigneur... J'enverrai mon esprit en vous et
vous vivrez. Sur vous je ferai naître des nerfs,
des chairs et de la peau, et je vous donnerai
un esprit et vous vivrez, et vous saurez que
c'est moi qui suis le Seigneur. Je prophétisai
comme le Seigneur me l'avait ordonné ; et
aussitôt on entendit un grand bruit, les ossements se rapprochèrent; ils redevinrent vi-
vants, couverts de peaux et de chair, animés
par un souffle vivant, et il s'en forma comme
une grande armée qui se tenait debout. Et le
Seigneur me dit : Fils de l'homme, tous ces

ossements sont le symbole de la maison d'Israël (1). »

Qu'il me soit permis de voir en ces ossements un autre symbole, également plein de
vie et d'actualité.

Ces ossements arides, ce sont à la lettre les
ossements de ces braves, qui sont morts pour
la cause de la patrie, et qui, pleins de courage,
ont succombé dans une lutte inégale, à la
suite d'une guerre où l'imprévoyance nous a
ménagé de cruelles surprises... Eh! bien, dit
encore le même Prophète, le Seigneur ouvrira
ces tombeaux, et il en fera sortir de nouvelles
armées et des enfants de futures et de brillantes victoires : car le sang des braves versé
sur le sol de la patrie, est aussi une semence
qui fait naître les héros, *ecce ego aperiam tu-
mulos vestros, et educam vos de sepulchris
vestris, populc meus* (2). — Ces ossements arides, c'est la vigueur de la patrie, qui semble
momentanément brisée, c'est l'héroïsme du
soldat français qui paraît dormir dans un sé-

(1) Ezech., chap. XXXVII, *passim.*
(2) *Ib.*, v. 13.

pulcre; ce sont nos richesses, notre gloire, notre honneur, c'est notre passé qui semble couvert d'un crêpe funèbre; c'est notre présent qui est abreuvé d'humiliation, c'est notre avenir qui paraît, au moins pour longtemps, compromis, *aruerunt ossa nostra, et periit spes nostra, et abscissi sumus* (1). — Et cependant, MES TRÈS-CHERS FRÈRES, si le souffle chrétien se répand de nouveau sur les villes et sur les campagnes, rien ne sera perdu ni compromis, tout renaîtra à une vie nouvelle : aux quatre coins de l'horizon, les générations qui semblent affaissées se relèveront, *à quatuor ventis insuffla super interfectos istos et reviviscent;* il s'en formera une multitude innombrable; et cette armée se tiendra debout dans une attitude qui commande le respect et au besoin la crainte au dehors et qui démontre la sécurité à l'intérieur, *steteruntque super pedes suos exercitus grandis nimis valde* (2).

(1) *Ib.*, v. 11.
(2) *Ib.*, v. 10.

Et lorsque toutes ces merveilles seront réalisées, continue le Prophète, vous saurez que c'est le Seigneur qui a parlé et a fait, *et scietis quia egó Dominus locutus sum et feci* (1); le Seigneur n'est pas comme les hommes qui souvent parlent et ne font rien, ou dont les opérations produisent des effets contraires à leurs paroles. Alors, dit encore le même Prophète, nous serons établis dans la paix sur ce beau sol de la patrie, qui, depuis si longtemps, est ébranlé et remué dans toutes ses profondeurs, *et requiescere vos faciam super humum vestram* (2). Alors la gloire sera à Dieu au plus haut des cieux, parce que la nation française se reconnaîtra comme l'enfant de Dieu et la fille aînée de l'Église; et la paix sur la terre sera pour toutes les âmes de bonne volonté, *Gloria in altissimis Deo, et in terra pax hominibus bonæ voluntatis.*

(1) *Ib.*, v. 14.
(2) *Ib.*, v. 14.

PREMIER DISCOURS

PRONONCÉ DANS LA CATHÉDRALE DE REIMS

PENDANT L'AVENT DE 1870

> *Justitia elevat gentes, miseros autem*
> *facit populos peccatum.* (Prov. xiv, 33.)
>
> C'est la vertu qui fait prospérer les
> nations, et c'est l'iniquité qui attire
> toute sorte de malheurs sur les peuples.

MES TRÈS-CHERS FRÈRES,

Le globe terrestre, selon des périodes que
l'homme ne saurait déterminer, est livré en
certaines contrées à des secousses violentes,
qui portent au loin le ravage dans les campagnes. La lave sort incandescente des entrailles
de la terre et promène, sur le flanc des montagnes et dans les vallées, des ruisseaux de
feu qui brûlent tout sur leur passage. Ailleurs,
des tremblements de terre, plus rapides que
la foudre, renversent les villes, font osciller

2

les murailles les plus solides, et remuent les mers elles-mêmes dans toutes leurs profondeurs. Alors on a vu l'Océan mugir et se dresser comme une succession de montagnes mobiles qui se précipitent, semblables à de gigantesques escadrons, dont personne ne peut calculer la fureur, ni arrêter la marche.

La philosophie et la religion nous apprennent que ces terribles phénomènes du monde physique sont un symbole, une image de ces secousses violentes qui viennent inopinément fondre sur les nations, et dont aucun effort humain ne semble pouvoir conjurer les déplorables conséquences. Elles nous apprennent que les causes de ces bouleversements de l'ordre physique et de l'ordre moral ont de grands rapports de similitude; elles proviennent de l'intérieur. Les éruptions des volcans, les tremblements de terre sont déterminés par une cause souterraine; ce sont des éléments qu'une chaleur impétueuse tient en ébullition; et quand l'intensité de l'action est trop forte, l'éruption ou la secousse se produisent avec fureur. De même dans les bouleversements ou les malheurs qui agitent les nations : les esprits superficiels en veulent trouver la cause dans des accidents du dehors, en ce que les hommes appellent des hasards malheureux ; mais la cause principale est à l'intérieur, elle est dans le monde des âmes et dans les éléments de désordre qui s'y accumulent. Et l'Esprit Saint a formulé une grande vérité historique, quand il a dit : « C'est la vertu qui fait grandir les nations, et c'est l'iniquité qui attire toute sorte de malheurs sur les peuples : *Justitia elevat gentes, miseros autem facit populos peccatum.* »

Ne vous semble-t-il pas, M. T. C. F., que certaines époques de l'existence individuelle ou sociale rappellent ce que l'Écriture-Sainte nous dit au livre de la Genèse : Noé, après le déluge, fit sortir de l'arche la colombe, pour savoir si les grandes eaux couvraient encore la surface de la terre ; mais la colombe revint aussitôt, parce qu'elle n'avait pas trouvé un seul endroit pour se reposer (1). Ainsi dans la

______

(1) Gen., VIII.

vie des individus et des sociétés : il est des heures de cataclysme universel, où tout semble avoir sombré sous des abîmes. L'âme a beau regarder sous les plus lointains horizons : elle ne découvre rien, sinon l'abîme qui gronde et les flots qui se précipitent. Alors semblable à la colombe, l'âme ne sait plus où mettre le pied, elle ne découvre pas une seule pointe de terrain solide au milieu des grandes eaux : si elle ne veut pas sombrer, elle est obligée de s'élever sur ses ailes divines, et de chercher dans des régions supérieures la paix et la sécurité de l'avenir.

M. T. C. F., vos âmes m'apparaissent en ce moment comme des colombes effrayées qui se réfugient au pied des autels, et qui réclament cette paix et cette confiance que l'on cherche en vain au milieu de la mer bouleversée des événements. Vous attendez de moi une parole qui soit comme la nourriture et le soutien de votre âme ; car maintenant plus que jamais, on sent la vérité de cette pensée évangélique : « L'homme ne vit pas du pain des choses extérieures, sa vraie nourriture est la parole qui tombe du ciel (1). »

Dans les malheurs de la vie, malheurs publics ou privés, l'homme du monde s'arrête aux détails ; il accuse l'impéritie de celui-ci, l'aveuglement de celui-là, et souvent ce n'est personne en particulier qui est le principal coupable, c'est presque un peu tout le monde. Il cherche à disséquer les causes secondes, dont je ne veux point contester l'importance, mais il oublie qu'il est des causes générales et providentielles qui dominent la situation, et donnent aux événements de ce monde une direction que personne ne peut maîtriser. Le vrai chrétien remonte à ces causes premières, il les examine, il y cherche la raison de ce qui est humainement inexplicable ; et cette philosophie qui remonte aux principes est la seule conforme au vrai. Quand un édifice s'écroule, plusieurs cherchent l'explication de cette ruine dans les mille incidents de la chute, dans la fragilité de telle poutre, dans la caducité de tel pan de muraille ; l'architecte intelligent

(1) Matth., IV, 4.

2.

en cherche et en trouve la cause dans les fondations. Les sociétés ont aussi leurs fondations, et les païens eux mêmes m'apprennent
que ces fondations sont les vertus privées et
sociales. Veuillez me permettre de creuser
avec vous les fondements des sociétés contem-
poraines, et de vous soumettre en deux instructions successives les pensées chrétiennes
que peuvent suggérer les derniers mois que
nous venons de traverser. Je n'entrerai dans
aucun détail sur les événements, et cependant
je vous en parlerai toujours, mais je vous en
parlerai à cette hauteur évangélique, où tout
homme raisonnable, où tout véritable ami de
l'humanité pourra, je l'espère, m'entendre
sans froissement.

Dans ce premier discours, je voudrais que
nous fissions ensemble un petit cours de philosophie de l'histoire, que j'essaierais de mettre
à la portée de tous; je voudrais examiner avec
vous comment se forment et se décomposent
les empires, comment se constituent et se désorganisent les sociétés. Dans une première
partie, nous étudierons cette question à un

point de vue général, et dans une seconde,
nous l'appliquerons spécialement aux nations
chrétiennes. Dimanche prochain, nous tire-
rons quelques conséquences de cet enseignement.

I

Quel est le but de la vie? C'est comme le
chante l'Église, de traverser les choses du
temps, de manière à ne point perdre celles
de l'Éternité, *sic transeamus temporalia, ut
non amittamus æterna*. Le but de la vie, c'est
le ciel, c'est le retour dans la patrie. Notre
existence sur la terre est un passage ; c'est
une traversée, c'est le pèlerimage dans le désert, c'est la course rapide du marin sur le
grand Océan. Rien ne peut changer cette destinée de l'homme, ni l'orgueil qui blasphème,
ni la sensualité qui veut épuiser toutes les
jouissances, ni les sarcasmes de l'ironie, ni
les désirs frénétiques qui s'agglutinent aux
choses de ce monde et leur demandent un

apaisement qu'on ne peut trouver sur la terre. Quand l'homme s'est installé en ce monde pour y jouir d'une manière fixe et permanente, le temps et le malheur arrivent, frappent à la porte, et chassent en avant le voyageur attardé. — La vie, c'est le temps accordé à l'homme pour remplir sa mission temporaire dans la série des siècles, pour écrire sa strophe dans ce merveilleux cantique de la création, dont saint Augustin a dit que chaque siècle est comme un vers qui tombe dans l'éternité, et que l'ensemble est tellement beau, que, si nous pouvions entendre sa ravissante harmonie, nous nous perdrions dans une extase ineffable (1). Le but de la vie, c'est de préparer par la pratique de la vertu les éléments de ce cantique divin, de le commencer ici-bas, et d'aller un jour l'achever, sous une forme plus divine et plus complète, dans les siècles éternels.

Voilà l'idée chrétienne sur le but de l'existence humaine : rien n'est vrai, beau et grand

____

(1) *Ep.* 166, n° 13, p. 880.

comme ce programme; si les individus, les familles et les peuples le comprenaient, les nations, comme dit saint Augustin, seraient l'ornement du monde par le bonheur de la vie présente, en attendant celui de l'éternité (1). Ce serait le vrai progrès, la vraie civilisation, le développement régulier et normal de l'humanité : tout serait harmonieusement combiné; le bonheur tempéré de la terre y donnerait la main aux espérances du ciel. Les individus trouveraient la paix et une félicité relative dans l'accomplissement de leurs devoirs; car la pratique de la vertu, tout en perfectionnant notre âme, nous fait rencontrer un véritable plaisir dans l'usage modéré des choses de ce monde, plaisir d'autant plus vrai et mieux senti, qu'il est conforme à la loi divine. Les familles, dirigées par l'esprit chrétien, seraient au milieu du désert, comme des oasis pleines de fraîcheur et de vie féconde : les fleurs de la paix, de l'union et de la confiance s'y marieraient avec les fruits du res-

(1) *De civ. Dei*, l. II, c. XIX.

pect, de l'obéissance, de l'amour et de la piété.
Les nations, formées par la réunion des familles, deviendraient semblables à ces vertes campagnes, qui réjouissent la vue et préparent de
riches moissons. La douleur ne serait point
bannie entièrement, car la souffrance est la
compagne de l'homme sur la terre ; elle est à
la fois un moyen d'expiation, une cause de
perfectionnement moral, et la source des plus
belles récompenses : mais chacun aiderait son
frère à porter ce lourd fardeau de la vie,
l'homme fort prêterait son bras et son cœur
au faible, le riche soulagerait le pauvre ; tous
s'aimeraient, et appuyés sur le cœur les uns
des autres, nous adoucirions les rigueurs de
l'exil et marcherions en paix vers les rivages
de la patrie. Ainsi la terre deviendrait comme
un souvenir vivant de l'Éden des anciens
jours ; et cette vie, tout en ayant sa raison
d'être, sa mission réelle et temporaire, serait
avant tout la grande préparation du ciel.

Mais, M. T. C. F., le monde renverse les
plans de la Création et de la Rédemption. Il
décapite l'humanité, sous prétexte de la glo-

rifier : il dénature complétement le but ulté-
rieur de la vie; il abaisse nos destinées, alors
même qu'il prétend briser nos chaînes et nous
donner un plus libre essor. Depuis quelques
années surtout, ces principes du monde anti-
chrétien ont pris une extension qu'ils n'avaient
peut-être jamais connue, ces maximes se sont
développées avec une effrayante fécondité, qui
a tout envahi, même une partie du sol chrétien. — Essayons de formuler ces maximes
destructives, non-seulement de tout ordre
divin, mais de tout ordre social : car l'ordre
social n'a point d'appui plus solide que l'ordre
divin, et, si jamais on pouvait parvenir à
abattre les contreforts du Christianisme, soyez
sûrs que ce jour-là il y aurait un affreux effon-
drement des voûtes sociales. — On a dit et
répété tous les jours, partout dans certains
enseignements on a insinué d'une manière
d'autant plus perfide qu'elle se cachait sous
des formes séductrices, on a professé plus ou
moins ouvertement que la destinée de l'homme
se bornait aux horizons de ce monde, que le
bonheur souverain était dans la possession et

la jouissance, que le vrai progrès de l'humanité consistait essentiellement dans le perfectionnement du monde extérieur, dans la circulation des richesses, dans les produits féconds des arts, de l'industrie et du commerce, dans les délicatesses de la vie sensuelle, dans l'éclat du luxe, et dans toutes les recherches plus ou moins somptueuses du bien-être matériel; on a affirmé hautement que telles étaient les conquêtes inattaquables des temps modernes, que telles étaient les bases désormais inébranlables de l'avenir et de la prospérité des nations : *Promptuaria eorum plena, eructantia ex hoc in illud... Beatum dixerunt populum cui hæc sunt* (1).

Telle est, M. T. C. F., et je ne pense pas que mes paroles aient l'ombre d'une exagération quelconque, telle est la quintessence des doctrines répandues depuis quelques années : et, quand elles n'étaient pas formellement exprimées, elles découlaient par des suintements souterrains et des infiltrations latentes; elles

____

(1) *Ps.* CXLIII, 13, 15.

découlaient des conversations, des livres, du journalisme et de toutes les voies publiques et secrètes par lesquelles l'homme manifeste sa pensée. — D'autres ont poussé dans ses dernières limites le cynisme du blasphème : ils ont attaqué Dieu lui-même, ils ont couvert son Christ d'ironiques imprécations ; ils ont formé le complot de briser tous les liens qui unissent les peuples au Christianisme, *dirum-pamus vincula* (1). Et ils n'ont pas vu, les aveugles ! que les liens du Christianisme étaient maintenant plus que jamais les seuls liens conservateurs des sociétés, et qu'une fois ces liens rompus, les peuples s'en iraient dans les abîmes, comme des débris d'une construction que le vent a renversée.

Le Christianisme maintenait en ce monde la grande loi du respect, cette loi qui est comme le ciment des sociétés : il apprenait à l'homme à respecter son semblable comme l'image de Dieu, il conservait dans les famil-les les traditions de l'obéissance et de la véné-

____

(1) *Psal.*, II, 3.

ration filiale ; il prêchait au citoyen le respect
pour l'autorité civile, comme au chrétien pour
l'autorité religieuse. Aujourd'hui, c'est à qui
démolira le respect et sur toute la ligne : on
ne respecte plus rien, ni dans la famille, ni
dans l'État, ni dans la religion : et, sous ce
rapport, les chrétiens eux-mêmes ont les plus
graves reproches à se faire. C'est à qui pro-
mènera l'ironie sceptique sur les hommes et
les institutions ; et l'habitude de tout tourner
en ridicule semble être devenue le droit et le
devoir journalier de l'esprit humain. Déjà, au
commencement de ce siècle, un moraliste
faisait la triste remarque, que les peuples du
Nord étaient « élevés dans le respect des choses sérieuses, et les Français dans l'habitude
de s'en moquer (1). » Je ne sache pas de disposition plus affligeante chez un peuple, que cette
habitude de se moquer des choses sérieuses :
j'aimerais mieux un peuple déréglé ; car chez
lui, il peut encore y avoir du ressort, chez lui
on peut encore trouver de ces grandes fibres

(1) Joubert, lit. XVI, n° 81, t. II, p. 198, 3° édit.

qui permettent de le ressaisir dans les abîmes. Mais, pour un peuple qui se moque de tout et qui ne respecte rien, je ne sais pas s'il existe un remède humain. Je sais seulement la menace de l'Écriture, qui affirme que le moqueur ne trouvera pas la sagesse (1), et que même celui qui veut l'instruire n'en retire que la honte de l'insuccès, *qui erudit derisorem, ipse injuriam sibi facit* (2). Que faire, en effet, à un peuple qui ne croit plus et qui se moque ? la racine des grands sentiments est chez lui desséchée : et alors se vérifie une terrible parole de saint Jérôme : « Là où il n'y a plus de respect, dit ce saint docteur, il y a le mépris; là où se trouve le mépris, arrivent bientôt l'indignation et l'injure, et alors les sociétés n'ont plus de repos, » elles se précipitent d'abîmes en abîmes. *Ubi honor non est, ibi contemptus; ubi contemptus, ibi frequenter injuria; ubi autem injuria, ibi et indignatio; ubi indignatio, ibi quies nulla* (3).

(1) Prov., XIV, 6. — (2) Prov., IX, 7.
(3) Hier. *Epist.* 14 (alias, 1) *ad Heliod.*, n° 7, t. I, p. 351, éd. Migne.

Si j'avais le temps d'examiner la question, il me serait très-facile de prouver que, même au point de vue rationnel, ces doctrines de matérialisme pratique, de prédominance de la vie sensuelle, de scepticisme ironique, cette absence de tout principe et de tout respect conduisent les nations à des abîmes, et que, tôt ou tard, sur ce plan incliné, elles doivent rouler dans d'affreux précipices. Ce n'est pas seulement la religion qui me découvre ces conséquences, c'est l'histoire tout entière, c'est la logique du simple bon sens; ce sont tous les hommes d'expérience qui, même avant l'établissement du Christianisme, ont annoncé ces grandes vérités, et prophétisé la chute ou la prospérité des empires. — Vraiment, il vient quelquefois en pensée de prendre en pitié plusieurs philosophes de notre époque, qui se sont donné la mission d'enseigner le peuple; car ils ont fait reculer la civilisation, je ne dis pas seulement la civilisation chrétienne, mais la civilisation telle que l'entendaient les païens, ils l'ont fait reculer bien au-delà des bornes fixées par la philosophie anti-

que. Je le dis à la honte de ces prédicateurs an-
tichrétiens, ils n'ont pas même la sagesse des
païens. N'était-ce pas Sophocle (1), ce grand tra-
gique de la Grèce, qui a dit : « De tout ce qui
a cours parmi les hommes, rien ne leur est
plus funeste que l'argent : il détruit les cités,
il dépeuple les maisons, il corrompt les mortels les plus vertueux et les porte à des actions
honteuses ; il leur enseigne la ruse et l'impiété. » N'est-ce pas Platon qui a formulé cette
admirable sentence : « Plus on estime la richesse, plus on méprise la vertu (2). L'or et la
vertu ne sont-ils pas, en effet, comme deux
poids mis dans une balance, dont l'un ne peut
monter sans que l'autre baisse? (3) » N'est-ce
pas Cicéron qui dit, en parlant de certaines
populations de la grande Grèce : « La fertilité
du sol, l'abondance de tous les biens matériels,
la beauté et la grandeur de leur ville, les a
rendues orgueilleuses, arrogantes et cruelles ;

(1) *Antigone,* vers 295-301, p. 157, éd. Didot.
(2) *Civit* , l. VIII, p. 148, éd. Didot.
(3) Lucain a dit aussi : « La pauvreté, terre féconde
des grands hommes, *fœcunda virorum paupertas.* »
(L. I, v. 165.)

il en est résulté un luxe énervant, qui corrompt les plus mâles courages (1). » Tous les historiens grecs et latins ont observé que les républiques de l'antiquité se sont maintenues florissantes, tant que la pratique de la vertu, la religion, la sainteté des mœurs, la probité, le désintéressement ont été en honneur; mais aussitôt que l'amour exagéré des richesses, l'impiété, le luxe, le culte excessif des intérêts matériels, ont prédominé, les nations se sont précipitées dans une série incalculable de malheurs et de ruines accumulées (2). Platon

(1) *Qui locus* (*Campania*), *propter ubertatem agrorum abundantiamque rerum omnium, superbiam et crudelitatem genuisse dicitur... Campani semper superbi bonitate agrorum, et fructuum magnitudine, urbis salubritate, descriptione, pulchritudine. Ex hâc copiâ atque omnium rerum affluentiâ, primum nata sunt arrogantia..., deinde ea luxuries, quæ ipsum Hannibalem, armis etiam tum invictum, voluptate vicit.* (Cic., *De lege agrariâ*, orat. 15, c. VI; orat. 16, c. XXXV, p. 506, 534, t. II, éd. Nisard.)

(2) Bornons-nous à citer Salluste : « Dès que la République se fut agrandie par le travail et la justice; qu'elle eut vaincu des rois puissants, subjugué des peuplades sauvages; que de grandes nations eurent été soumises par la force; que Carthage, cette rivale

est allé jusqu'à formuler d'une manière abso-
lue la maxime suivante : je la recommande à

de l'empire, fut détruite de fond en comble, et que
toutes les mers et toutes les terres nous furent ou-
vertes, alors la fortune commença à sévir et à tout
confondre. Ces mêmes Romains, qui avaient soutenu
sans peine les travaux, les périls, les incertitudes et
les rigueurs des événements, furent tristement vaincus par le loisir et les richesses, objets de tous les
vœux. D'abord s'accrut la soif de l'or, ensuite celle du
pouvoir ; ce fut là la double cause de tous nos maux.
Car l'avarice anéantit la bonne foi, la probité et les
autres vertus, pour leur substituer l'orgueil, la cruauté,
le mépris des dieux et la vénalité universelle ; l'ambition rendit fourbes la plupart des hommes ; elle leur
apprit à exprimer des sentiments tout différents de
ceux qu'ils avaient au fond du cœur ; elle régla la
haine et l'amitié sur l'intérêt, non sur la justice, et
préféra les dehors de la vertu à la vertu même. Les
progrès de ces vices furent d'abord insensibles, et
quelquefois même on les réprima. Mais dès que, semblables à un mal contagieux, ils eurent pénétré partout, l'état changea de face, et le gouvernement le plus
juste et le plus modéré devint cruel et intolérable.

« Dès que la richesse fut devenue un titre d'honneur et qu'elle donna la considération, le crédit et
le pouvoir, la vertu perdit ses avantages, la pauvreté
devint infamie, la probité malveillance. Ainsi, par les
richesses, la jeunesse fut livrée au luxe, à l'avarice,
à la cupidité, à l'orgueil ; de là ses vols, ses profu-
sions ; de là cette ardeur à prodiguer son bien et à

la méditation de plusieurs: Si la république
est vertueuse, elle jouira d'une paix inalté-

convoiter celui d'autrui ; de là ce mépris de la pudeur
et de l'honneur, cette confusion monstrueuse, cet
oubli des lois divines et humaines, de tout devoir et
de toute modération. » (Salluste, *Catilina*, c. X, XII.)

Ailleurs, dans les lettres qu'on lui attribue, le même
auteur s'exprime ainsi :

« Certes, le plus grand bien que tu puisses procurer
à la patrie, aux citoyens, à toi-même, à nos enfants,
en un mot à tout le genre humain, ce sera de détruire
ou au moins d'affaiblir autant que possible l'amour de
l'argent; autrement, il n'y a pas moyen de gouverner
ni les affaires privées, ni les affaires publiques, ni le
dedans, ni le dehors. Car, là où la passion des richesses
a pénétré, la discipline et les mœurs disparaissent;
l'esprit perd sa vigueur; l'âme elle-même, un peu
plus tôt, un peu plus tard, finit par succomber.

« Souvent, en effet, en réfléchissant en moi-même
aux moyens par lesquels les hommes les plus fameux
avaient fondé leur grandeur, en recherchant comment
les peuples et les nations avaient prospéré sous quelques chefs capables, et ensuite quelles causes avaient
amené la chute des royaumes et des empires les plus
puissants, j'ai constamment trouvé les mêmes vertus
et les mêmes vices : chez les vainqueurs le mépris des
richesses, chez les vaincus la soif de l'or. Et l'on com-
prend bien qu'un homme ne peut s'élever au-dessus
des autres et se rapprocher des dieux, si, dédaignant
la cupidité et les plaisirs des sens, il n'est tout entier
à son âme, non pour la flatter, pour céder à ses fan-

rable ; si elle est corrompue par les vices, elle aura la guerre civile et la guerre étrangère. *Si bona sit civitas, vitam pacatam habebit ; si mala sit, bellicam extrinsecus et intrinsecus* (1). Fasse le ciel que ces paroles du philosophe grec ne soient pas une prophétie ! Et remarquez que Platon ne s'arrête pas à examiner les causes secondaires des événements, l'impéritie de celui-ci, l'aveuglement de celui-là, la présomption des uns, la lâcheté des autres. Il remonte plus haut ; il recherche dans des régions supérieures les vraies causes des malheurs sociaux, des guerres civiles et étrangères. Les hommes, pour lui, ne sont que des instruments qui exécutent les arrêts d'une justice dont la raison est ailleurs.

Je vous demande pardon, M. T. C. F., de citer si souvent les auteurs païens ; je suis en cela les traditions des plus célèbres Pères de

taisies, pour l'amollir par une funeste complaisance, mais pour l'exercer par le travail, la patience, les bonnes maximes et les actions de vigueur. » *Epist.* 1, *ad Cæsar.*, c. VII ; *Epist.* 2, c. VII.)

(1) *De leg.*, l. VIII, p. 402, éd. Didot.

3.

l'Église, et des deux Docteurs les plus illustres du catholicisme, saint Thomas et saint Bonaventure. Il est même arrivé à saint Jérôme de redresser assez vertement un homme qui lui avait reproché de suivre cette méthode: ceux qui voudront être édifiés à cet égard, n'auront qu'à lire la lettre du saint Docteur à l'orateur Magnus (Epist. 70, édit. Migne (al. 84). — Mais, dans les circonstances présentes, j'ai un motif spécial. Si je proclamais certaines vérités, en citant et en développant l'Écriture-Sainte et les auteurs ecclésiastiques, peut-être quelques-uns de mes auditeurs auraient la tentation de dire : Notre Archevêque formule des théories mystiques à l'usage du moyen âge ; la raison humaine n'admet pas toutes ces interventions providentielles; ce sont des créations de fantômes, bonnes tout au plus pour effrayer les enfants. — Je veux donc qu'il soit bien démontré que ce n'est pas seulement la religion qui enseigne ces vérités, mais la raison de tous les siècles et le bon sens de tous les grands législateurs de l'humanité. Je veux pouvoir dire à certains philosophes de notre époque : Vous ne voulez pas admettre la raison chrétienne; ah! je le crois bien, vous n'admettez pas même les enseignements de la raison, tels que les ont promulgués tous les sages de l'humanité et de tous les siècles.

Je reviens à mon sujet. — Voilà donc, M. T. C. F., des préceptes et des leçons que les chefs et les hommes les plus distingués des républiques de l'antiquité donnaient au peuple. Ils étaient convaincus que l'observance de ces règles était le salut des états démocratiques; ils étaient convaincus que le mépris de ces maximes entraînait la ruine des nations, et les faisait sombrer sous les décombres de l'anarchie ou sous la réaction violente du despotisme; et l'histoire est là pour prouver que leurs craintes n'étaient point chimériques. Non-seulement ces grands hommes avaient ces convictions, mais ils les exprimaient hautement, et ils annonçaient au peuple la vérité avec une franchise qui tenait parfois de la rudesse, parce que, disaient-ils, ceux qui flattent le peuple et caressent ses

passions, le trompent indignement et sont ses
plus mortels ennemis. — Aujourd'hui, il faut
presque du courage au prédicateur chrétien
pour affirmer ces mêmes vérités qu'annonçaient hardiment les chefs des républiques
anciennes, à l'époque où elles étaient florissantes et glorieuses. Et cependant les fiers
républicains de Rome, d'Athènes et de Sparte
entendaient ces vérités, et applaudissaient les
orateurs qui les proclamaient; et, quand ils
n'étaient plus dignes de les comprendre, c'est
que l'heure de la décadence commençait à
sonner, et que les derniers jours de ces nations, jadis si prospères, n'étaient pas éloignés.

Sénèque a indiqué quelque part une pensée
qui me fait trembler pour l'avenir de certains
peuples de l'Europe : « Ce ne sont point les
barbares qui ont détruit l'empire romain, ce
sont les vices qui ont vaincu les triomphateurs
du monde.... et tout ce que la vertu avait
élevé s'écroula par les excès; *quidquid virtute
partum erat intemperantia corruit* (1). »

(1) *Ep.* 71 à la fin. — *Ep.* 74.

Écoutez encore Juvénal, ou plutôt voyez-le avec son fouet sanglant : « L'univers asservi par les Romains réclamait des vengeurs ; c'est la corruption, plus formidable que les armes, qui s'est chargée de cette exécution. Tous les crimes, toutes les scélératesses ont fondu sur nous, depuis que Rome a perdu sa pauvreté... le luxe et les richesses ont brisé notre puissance (1). » Voilà la vraie cause de la ruine des empires : ce ne sont pas les prêtres qui vous la signalent, ce sont tous les sages de l'antiquité : ce n'est point le parti clérical qui vous l'indique, c'est l'expérience de tous les siècles. — Oui, Sénèque et Juvénal avaient raison ; ce ne sont pas les barbares qui ont été la cause principale de la ruine de l'empire romain ; ce ne sont pas les barbares qui ont vengé l'univers asservi ; ce sont les vices dont la gan-

(1)   *Sævior armis*
Luxuria incubuit, victumque ulciscitur orbem.
Nullum crimen abest, facinusque libidinis, ex quo
Paupertas Romana perit....
                    .... et turpi fregerunt secula luxu
Divitiæ molles.
                        (*Satir.* **VI**, v. 292 *et seq.*)

grène avait envahi le corps social. Les barbares n'ont été qu'un accident : il leur a suffi de donner un coup de pied et tout s'est écroulé, parce que le vieux ciment romain avait disparu, c'est-à-dire la religion, la probité, les mœurs, le désintéressement. On trouve aux environs de Rome des débris majestueux de vieux monuments ; et plus d'une fois, ce dernier hiver, j'aimais à les contempler dans mes promenades solitaires. Ils sont là pour attester la grandeur du peuple-roi, ils ont bravé l'injure des âges, et ils sont encore solides comme au jour de leur construction : n'en soyez point étonnés, les pierres sont unies ensemble par un ciment indestructible et qui devient avec le temps plus dur que la pierre elle-même. Or la religion et la vertu sont le ciment des sociétés : tant que ce ciment divin subsiste, les sociétés sont inébranlables sur leurs bases : si le ciment se dissout dans la décomposition, les sociétés s'en vont au premier coup de vent. Les esprits superficiels voient dans le souffle du vent la cause principale de la ruine ; mais les hommes sérieux remontent à la cause première, et l'indiquent aux plus clairvoyants : c'est la désagrégation de la muraille (1).

Montesquieu, et cette autorité n'est point suspecte d'exagération mystique, Montesquieu dit quelque part : « Rome était un vaisseau tenu par deux ancres dans la tempête, la religion et les mœurs (2). » Certes, l'Europe n'est point ménagée par la tempête ; le vaisseau est promené dans toutes les directions par la vague furieuse. Malheureusement, les deux ancres sociales nous manquent, la religion et la vertu : et si Dieu ne vient à notre aide, ce ne sont pas les parleurs qui nous sauveront, ce ne sont pas les grandes phrases qui nous guériront : car, dit encore Montesquieu : «Quand une république est corrompue, on ne peut remédier à aucun des maux qui naissent, qu'en ôtant la corruption, et en rappelant les principes:toute autre correction est ou inutile, ou un nouveau mal (3). »

(1) *Dic ad eos qui liniunt absque temperaturâ quod casurus sit (paries)*. (Ezech., XIII, 11.)
(2) *Esprit des lois*, l. VIII, ch. XIII, p. 158.
(3) *Ibid.*, ch. XII, p. 156.

Que voulez-vous, M. T. C. F. ? Il y a là, même dans l'ordre de la sagesse naturelle, une grande loi de l'histoire ; que les incrédules l'appellent la loi du destin, nous chrétiens, nous la nommons le passage de la justice de Dieu ; c'est une génération nécessaire de causes et d'effets, qui n'empêcheront ni les déclamations des sophistes, ni les calculs de la prévoyance humaine. Ecoutez le prophète Daniel que je vais simplement paraphraser. Quand les sociétés, méprisant les lois fondamentales de leur existence , auront élevé leur belle statue du progrès matériel, et que, semblables à ce roi de l'antiquité, elles auront fixé un jour pour la dédicace de cette statue, *ut convenirent ad dedicationem statuæ* (1); lorsqu'elles sembleront vouloir que tout être humain fléchisse le genou devant cette idole du matérialisme des idées et de la vie pratique, tout à coup une pierre, partie de je ne sais où, se détachera dans la direction de cette statue composée de

____

(1) Dan., III, 3.

tout ce qu'il y a de plus précieux dans les éléments de la matière, *ex auro optimo, argento et œre* (1). Cette pierre choisira un angle presque invisible, où se trouve un coin d'argile. car dans les choses humaines en apparence les plus solides, il y a toujours un coin d'argile) Et, après avoir ajusté ce petit coin si fragile, la pierre, partie de je ne sais où, frappera avec une intelligence qui déconcertera toute prévision humaine : elle frappera un seul coup, et, comme dit l'Écriture, tout sera réduit en des fragments comparables à ces menus débris que le vent soulève dans l'aire, où, pendant l'été, on a battu le grain, *tunc contrita sunt.. et reducta quasi in favillam œstivæ areæ quæ rapta sunt vento* (2), — Et cependant rien ne semblait manquer à cette statue, dit le Prophète. La tête était toute en or, et en or le plus fin ; *hujus statuæ caput ex auro optimo erat* (3), c'est-à-dire que toutes les richesses matérielles affluaient aux grands cen-

(1) Dan., II.
(2) Dan., II, 35.
(3) Daniel, II, 32.

tres. Arrivées à la poitrine, ces richesses se fractionnaient en monnaie d'argent et les mains étaient chargées de les distribuer aux provinces, *pectus autem et brachia de argento.* — L'airain et le fer formaient comme la base, la partie solide et osseuse qui protège et soutient, *fœmora ex œre, tibiœ autem ferreœ.* N'est-ce pas là le bronze des batailles et cet engin de fer que manie le soldat ? Eh bien ! dit le Prophète, tout cela est brisé en un clin d'œil, *contrita sunt pariter ferrum, œs, argentum et aurum* : tout est réduit comme à l'état de poussière, *reducta quasi in favillam* : et aucune intelligence humaine ne peut dire comment cette terrible partie s'est jouée.

L'Apôtre dit que la Providence détruit toutes les hauteurs qui veulent s'élever contre Dieu (1). Si quelqu'un de mes auditeurs trouvait cette vérité trop chrétienne, je la ferais formuler par un des plus anciens historiens de la Grèce. N'est-ce pas le vieil Hérodote qui s'est écrié avec cet accent divin qu'on ne

(1) II Cor., x, 5.

retrouve presque plus dans la littérature moderne :

« La Divinité frappe de la foudre tout ce qui veut s'élever avec insolence, mais elle épargne ce qui est humble... Elle atteint surtout les cimes des grands arbres et les abat... elle détruit les grandes forces sociales et les ensevelit dans la honte. Car le Divinité ne permet pas que les peuples semblent vouloir s'égaler à elle par l'intempérance de leur orgueil (1). »

Voilà, M. T. C. F., la grande loi de l'histoire ; elle s'est vérifiée toujours, et l'on en trouve de fréquents exemples dans les siècles de l'antiquité ; car, comme l'a dit un grand poëte,

> . . . l'histoire, écho de la tombe,
> N'est que le bruit de ce qui tombe
> Sur la route du genre humain (2).

Mais cette loi doit se vérifier surtout dans les siècles chrétiens ; elle doit se vérifier d'une manière à la fois plus sévère et plus miséricordieuse, parce que nous sommes plus cou-

(1) L. VII, ch. x, p. 323, éd. Didot.
(2) Lamartine, *Harmonies*.

pables et que Dieu nous aime davantage ;
car le propre de l'amour paternel est de châtier pour guérir.

II

Les nations chrétiennes sont semblables au
prodigue, mais à un prodigue qui, plusieurs
fois, aurait quitté la maison paternelle, après
avoir aussi souvent obtenu son pardon, et dont
chaque nouvel égarement indique une ingratitude plus grande et mérite une plus grave
correction. La nation française, en particulier,
a plus d'une fois trahi les devoirs de sa glorieuse destinée. Elle a d'éminentes qualités :
nulle plus qu'elle n'a le cœur généreux, le
caractère noble, l'esprit ouvert à toutes les
grandes inspirations. Mais elle est mobile, légère, indépendante ; elle ne peut longtemps
supporter le frein, et, comme Dieu est un frein
et doit être nécessairement un frein, elle finit

par s'en lasser. Animée par un sentiment qui tient à la vanité railleuse encore plus qu'à l'orgueil, elle aime à jeter le ridicule sur toute chose, et pourvu qu'elle puisse rire, elle semble se consoler de tout : mais pendant qu'elle rit, il lui tombe sur la tête de ces coups terribles qui arrachent à ses enfants des larmes amères. C'est elle qui a le plus fait pour la propagation des idées religieuses, et c'est elle aussi peut-être qui a le plus fait pour détruire le christianisme, et le détruire par l'ironie insultante : car, comme l'a dit Montesquieu : « Les Français indisposent par leurs qualités mêmes, parce qu'ils paraissent y joindre du mépris (1). » Mais le mépris de Dieu, le rire des choses divines est un des crimes les plus odieux. Jugez-en par vous-mêmes, la dérision ne vous blesse-t-elle pas plus profondément qu'une grave injure ? C'est d'ailleurs un des plus grands principes de dissolution pour les sociétés; et ce principe a des conséquences plus terribles, quand la France est

(1) *Esprit des lois*, l. IV, ch. VII, p. 169.

à la tête du mouvement ; parce que, comme le remarquait de Maistre, il semble être dans la destinée de notre pays « d'agiter l'Europe tout entière en bien comme en mal (1) ».

Revenons maintenant à la question générale.

Le Seigneur a largement départi les biens de ce monde aux nations chrétiennes ; il n'y a mis qu'une condition, dit un grand Pape, c'est que nous saurions en user raisonnablement et avec sobriété, *rationabiliter et tempe-ranter* (2), et que ceux qui seraient plus richement dotés deviendraient comme une fontaine, dont la surabondance se répand aux alentours. Le Seigneur a établi l'homme, et surtout le chrétien, roi et souverain de ce monde ; il lui a délégué une partie de son pouvoir, afin qu'il fût ici-bas comme l'image de Dieu, et qu'il travaillât à perfectionner dans ses détails l'œuvre du Créateur. Il n'y a mis qu'une condition, c'est que ce prince de

(1) *Corresp. diplomat.*, t. II, p. 216.
(2) Saint Léon, *serm.* 27, p. 221.

seconde race fût soumis à l'éternel Domina-
teur, et qu'il employât d'abord les ressources
de son intelligence et de son cœur à faire le
bien et à ne point dégénérer de sa noblesse
primitive. Assurément rien n'est plus large,
plus beau, plus libéral qu'un semblable programme. Il accorde tout ce qui est raisonnable à la libre activité de l'homme, il lui met
une couronne de gloire et d'honneur sur la
tête, et ne réserve que les droits de Celui qui
ne saurait abdiquer sa souveraine royauté.

Dans l'ordre surnaturel, le cœur de Dieu
s'est ouvert avec une largesse encore plus
grande et plus miséricordieuse : il a mis à
notre disposition les richesses de sa nature
infinie ; il nous associe à sa gloire, à son amour,
à son bonheur. Il veut que cette vie, tout en
conservant sa nature et son caractère propres,
soit avant tout une préparation à une autre
existence, où toutes ces gouttes de joie, de
gloire et de bonheur que nous recueillons çà
et là sur la terre seront changées en ce que
l'Ecriture appelle le fleuve, le torrent, la mer
des jubilations et des gloires infinies. Pour

tout résumer en une seule parole, et autant
que les expressions humaines peuvent rendre
ce qui est ineffable, Dieu veut que nous soyons
déifiés, c'est-à-dire changés en dieux : déifiés
ici-bas par un prélude, un avant-goût, une
riche et féconde initiation; déifiés surtout
dans le ciel, car alors nous serons semblables
à Dieu, vivant avec lui de la même vie, du
même amour, buvant à la même coupe de
l'éternel bonheur.

Telles étaient, telles sont encore les pensées
du Seigneur sur la nature humaine rachetée
par le sang de son Fils. Les nations chrétiennes ont-elles répondu à cet appel de Dieu?
Ont-elles réalisé, même d'une manière im-
parfaite, cet idéal divin? — Hélas! mes très-
chers frères, non-seulement ces vérités divines
n'ont pas progressé comme elles le devaient,
même pour le bonheur temporel des nations;
non-seulement ces vérités divines ne se sont
pas répandues comme les régulatrices de nos
pensées et de notre conduite, mais malheureusement, comme dit le Prophète, elles ont
diminué, et, depuis quelques années surtout,

elles ont baissé, elles ont en partie disparu dans tous les rangs de la société, *diminutæ sunt veritates à filiis hominum* (1). Ces vérités étaient comme les eaux fécondantes qui devaient fertiliser les campagnes de l'humanité : et comme presque partout, elles se sont retirées, la terre de l'humanité a été frappée de stérilité dans sa partie divine. Il n'est plus resté qu'une certaine beauté extérieure et provisoire. Ce qu'il y avait même de bon et de vrai dans les vertus de l'ordre naturel a perdu sa force et sa réalité pratique : et l'on a pu dire à ces nations ainsi moralement dégénérées : Vous avez l'apparence et le nom de la vie, mais, en réalité, vous êtes au moins proche de la mort, *nomen habes quod vivas, et mortuus es* (2).

Dans plusieurs villes maritimes, il existe un insecte dont la fécondité est prodigieuse, et dont l'action destructive est effrayante. Cet insecte ronge l'intérieur du bois ; et, quand

(1) Ps., xi, 2.
(2) Apocal., iii, 1.

il a pu pénétrer dans une maison, les propriétaires ont besoin d'une vigilance extrême, pour n'être pas tôt ou tard ensevelis sous des ruines. Cet insecte s'insinue dans les poutres, il les corrode dans l'obscurité d'un travail rapide et mystérieux ; il leur enlève ainsi toute force de cohésion, tout pouvoir de résistance. Il semble joindre la perfidie à la promptitude : car il opère toujours par une action souterraine, et il respecte entièrement l'aspect et la forme apparente des surfaces. Tout est intact au dehors, mais l'intérieur est miné : et tout à coup, à l'heure où personne n'y songe, une violente commotion annonce que l'édifice est un monceau de ruines (1).

Je n'ai pas besoin de faire l'application, car elle est plus que transparente. Nos sociétés modernes, c'est cet édifice dont la surface est brillante, et semble vouloir braver l'action du temps. Tout est beau dans les apparences, dans les progrès de la civilisation extérieure.

(1) Cet insecte se nomme le termite. (V. *les Insectes*, par Louis Figuier, ch. VII, p. 485 498.)

Malheureusement, il s'est opéré un travail de décomposition souterraine dans l'intérieur de ces sociétés : des légions d'idées corruptrices, semblables aux insectes des cités maritimes, ont miné en dessous les principes, qui sont comme le rocher solide des nations, comme la charpente robuste des sociétés. Et toutes ces grandes choses de la civilisation extérieure, qui eussent été excellentes dans une certaine mesure et en d'autres conditions; toutes ces surfaces brillantes, toutes ces décorations de progrès matériels deviennent comme des pelouses verdoyantes, qui trompent les nations, parce qu'elles cachent des abîmes. Sans doute, rien n'est agréable à la vue et doux à la marche comme la pelouse du printemps, on ne saurait le nier; mais à une condition, c'est que la pelouse reposera sur un terrain solide et ne couvrira pas, en les déguisant, des abîmes sans fond : car alors elle serait un piége d'autant plus dangereux, que sa forme est plus séduisante.

Les nations chrétiennes sont d'autant plus coupables et font des chutes d'autant plus terribles, qu'elles ont été plus privilégiées, et que chez elles l'abus est plus criminel. C'est la foi qui les a arrachées aux siècles de barbarie, aux ténèbres de l'ignorance; c'est l'Évangile qui les a civilisées, et qui les a maintenues dans un état de gloire et de prospérité inconnues dans les siècles antiques. Sans doute, même avec le christianisme, toujours il y a eu dans l'humanité des misères et des luttes, des iniquités et des erreurs; car l'humanité a toujours été et sera toujours l'humanité. Cependant on ne peut disconvenir que la prédication de l'Évangile n'ait changé la face de l'Europe; que, sans elle, les crimes eussent été encore plus nombreux, et que l'Europe ne serait pas sortie des langes de l'enfance et du chaos de la barbarie. On ne peut disconvenir que c'est l'Évangile qui a adouci les mœurs, et jeté partout les germes de la vraie civilisation. Car tout ce qu'il y a de bon, de vrai et de juste dans certaines théories modernes, sont des emprunts faits à l'Évangile. Malheureusement, ces emprunts deviennent souvent des contrefaçons qui, dans la pratique, produiraient précisément tout le contraire du programme annoncé. Ainsi, combien de fois cette liberté tant vantée n'est-elle pas devenue un affreux despotisme! Combien de fois le nivellement de l'égalité n'a-t-il pas produit le malheur de tous, par la destruction de toutes les forces vives de la société! Et cet amour de nos frères, que nous prêche l'Évangile, ne s'est-il pas changé souvent en une singulière fraternité, qui consiste à répéter de grands mots, à proclamer bien haut des programmes sonores, pour répandre ensuite partout les semences de la calomnie, de la haine, de la dissension entre les différentes classes de la société ; fraternité barbare, dont les propagateurs sont les plus grands ennemis de la civilisation.

Quelle a été la reconnaissance des peuples pour ces bienfaits de l'Evangile? On dirait vraiment que l'homme devient ingrat à mesure que le ciel est plus généreux. Les nations ont retourné contre Dieu chacune de ses faveurs; elles ont foulé aux pieds ce qu'il y avait de plus sacré et de plus digne de leur

4.

affectueux respect. Elles ont dit : Non, nous ne voulons plus porter le joug du christianisme; nous ne voulons plus relever que de nous-mêmes et des caprices de notre volonté; nous avons grandi et nous ne voulons plus d'autre Dieu que notre liberté et notre indépendance. Alors il se passe quelque chose d'étrange, et qui rappelle la parole de cet ancien : La pire des corruptions est la corruption de ce qui était excellent, *corruptio optimi pessima*. La gangrène se met dans le corps social, mais une gangrène d'une malignité spéciale, et le virus s'en développe avec plus de violence dans les parties autrefois les plus saines et les plus vigoureuses : alors le corps social devient un mélange inouï de science et d'iniquité, de civilisation et de perversité, de connaissance du bien et de pratique du mal, de développement intellectuel et de progrès immoral, qui était inconnu de l'antiquité. Jamais, en effet, les nations païennes n'avaient connu ce genre de décomposition; car elles n'avaient pas abusé à ce point des bienfaits du ciel, et chez les nations comme chez les individus, comme pour l'être inanimé, la pesanteur de la chute est en raison de la hauteur du corps qui tombe. Aussi la chute des peuples chrétiens est plus terrible, parce qu'ils tombent de plus haut, parce que leur conduite est plus coupable et leur ingratitude plus profonde. — Il n'est point permis, sans un crime qui mérite un nom et un châtiment spécial, il n'est point permis aux peuples chrétiens d'abdiquer ainsi tout un passé glorieux, de brûler avec mépris de précieux titres de noblesse, et de fouler aux pieds dix-huit siècles de lumières et de splendeurs morales. C'est une sorte de déicide d'un genre tout nouveau, car c'est le meurtre des nations divinisées par le sang du Christ.

Quand les peuples sont arrivés à ce degré de corruption civilisée, Dieu permet qu'il s'y opère de ces effondrements qui éclatent subitement comme des coups de tonnerre, et ils éclatent quelquefois au moment où chacun fait des rêves et dort en paix. L'aveuglement des uns, l'impéritie des autres, les imprévoyances de l'autorité, les passions de la multitude, tout contribue, non pas précisément à préparer la ruine, car elle est en germe dans les entrailles de la société, mais à préparer l'heure précise et la forme déterminée de la ruine. Alors on dirait que les pôles du monde sont ébranlés, il se fait une horrible confusion, pareille à celle qui règne sur les rivages de la mer déchaînée : les sociétés semblent osciller sur leurs fondements, et le monde attend dans l'anxiété ce qui sortira de ce chaos.

Alors les plus incrédules, les plus grands partisans de ce qu'on appelle le progrès matériel, et ceux qui avaient le plus de confiance en la sécurité de l'avenir, sont obligés de se rappeler ces paroles de saint Grégoire de Nazianze, qui sont le meilleur résumé philosophique des choses de la vie, surtout quand on les sépare de Dieu : « Rien n'est stable ni permanent en ce monde ; rien ne peut nous suffire, tout s'agite dans une perpétuelle vicissitude ; on voit d'étranges renversements et de grandes révolutions au même jour, à la même heure. On pourrait se fier davantage à l'in-

constance des vents, à la trace du sillage du
navire, aux songes à la fois agréables et trom-
peurs de la nuit, à ces figures mobiles que les
enfants, pour se divertir, élèvent sur le sable;
on pourrait se fier à tous ces fantômes, plutôt
qu'à la prospérité des hommes (1). »

La semaine dernière, je lisais le prophète
Ezéchiel. Arrivé au chapitre XXXI, je crus
lire un chapitre d'histoire, et d'histoire contemporaine. Permettez-moi de vous en citer
quelques fragments; je m'abstiendrai de tout
commentaire, vous voudrez bien vous-mêmes
faire les applications : « Le Seigneur m'or-
donne de dire à une nation puissante : A qui
ressemblez-vous dans votre grandeur? Consi-
dérez Assur; il était comme un cèdre sur le
Liban; il était beau avec ses branches éten-
dues et l'élévation de sa tige, sa cime se dres-
sait au milieu de ses rameaux touffus. Les
fleuves coulaient autour de ses racines.....
Aussi surpassait-il en hauteur tous les arbres
des environs; ses rejetons s'étaient multi-

(1) *Orat.* 14, n° 19, p. 882, éd. Migne.

pliés, et ses branches se dressaient avec ma-
jesté. Et comme au loin il répandait son ombre, tous les oiseaux du ciel avaient fait leur
nid sur ses branches, et les nations venaient
chercher la fraîcheur à l'ombre de ses feuilles.
Il était parfaitement beau dans sa taille élevée
et dans la dilatation de ses rameaux... Il n'y
avait point de cèdre dans le jardin de Dieu
qui lui ressemblât et qui lui fût comparable
en beauté... et tous les autres arbres sem-
blaient lui porter envie... Mais, dit le Seigneur, comme ce cèdre s'est enorgueilli dans
son élévation, que sa tête s'est exaltée, que
son cœur s'est glorifié dans sa haute stature,
je l'ai livré à des ennemis puissants..... il su-
bira de cruelles incisions, ses branches retom-
beront de toutes parts le long des vallées.....
et les peuples se retireront de dessous son
ombre; *et in multis convallibus corruent rami
ejus... et recedent de umbraculo ejus omnes
populi terræ, et relinquent eum* (1). »

Est-ce pour vous décourager, M. T. C. F.,

______

(1) Ezech, ch. XXXI.

que je vous tiens ce langage? A Dieu ne plaise!
Dimanche prochain, j'espère vous développer
ma pensée tout entière, en tirant les conclu-
sions de ce premier Discours, et j'espère, au
contraire, vous donner une provision de vraie
force et d'espérances d'autant plus solides,
qu'elles ne s'appuient sur rien d'humain. Il
me semble que nous venons de faire un immense naufrage dans la mer des tempêtes; le
navire a sombré, nous sommes sur des épaves,
sur les planches du navire brisé; les vagues
sont furieuses ét menaçantes. Les plus sages
sont obligés de reconnaître que toute sagesse
humaine a péri, et les plus clairvoyants
avouent qu'ils ne découvrent rien à l'horizon.
Mais avec le Dieu des chrétiens, il ne faut
jamais désespérer, parce que la main qui
frappe est déjà levée pour guérir, si le malade
n'y met obstacle par son endurcissement. Tout
en découvrant la cause principale de nos malheurs, je crois déjà vous avoir au moins laissé
entrevoir un îlot pour nous reposer provisoi-
rement, en attendant l'avenir. Nous l'appel-
lerons, si vous le voulez, l'îlot de la Provi-

dence, terre ferme des vrais croyants. C'est là
que je vous donne rendez-vous à notre prochaine réunion. Nous causerons encore de nos
malheurs ; nous en causerons avec tristesse, il
ne saurait en être autrement, mais toujours
avec un doux espoir ; et de pareilles cause-
ries font du bien à celui qui parle, et aussi,
au moins je le désire, à ceux qui écoutent.
Puissé-je vous convaincre que le propre du
chrétien est d'espérer contre l'espérance même ;
que, lorsqu'il n'y a plus rien à attendre de
l'action des hommes, il faut tout attendre de
l'action de Dieu, et que, comme parle le Prophète, quand même le Seigneur semblerait
vouloir nous écraser, c'est alors qu'il faudrait
espérer en lui, *etiam si occiderit me, in ipso
sperabo* (1) : car le doux espoir, l'espoir plein
de confiance, dans les malheurs publics et
privés, est le caractère propre du chrétien ;
c'est celui que Dieu lui-même a imprimé en
nos âmes, *bonæ spei fecisti filios tuos* (2).

(1) Job., XIII, 15.
(2) Sap., XII, 19.

DEUXIÈME DISCOURS

PRONONCÉ DANS LA CATHÉDRALE DE REIMS

Sola vexatio intellectum dabit auditui.
> (Isaïe, xxviii, 19.)
> Le malheur seul donne la véritable intel-
> ligence.

MES TRÈS-CHERS FRÈRES,

Il est des jours de silence effrayant dans la
vie des peuples : presque toutes les chaires
sont muettes, tous les orateurs semblent se
taire ; on dirait qu'on n'a plus le temps ni de
parler, ni d'entendre, ni presque de penser.
— La parole est à Dieu seul. Ce grand Maître
occupe la chaire de vérité, et sa voix retentit
d'une extrémité du monde à l'autre. Il parle
par les éclats de la foudre qui sillonne la nue ;
il parle par le bruit des hommes en armes, et

5

par le mouvement accéléré des événements qui se précipitent. Il fait faire un cours d'histoire aux nations, et il leur enseigne, avec l'autorité d'une évidence divine, ce qu'elles n'ont pas voulu apprendre durant les années de leur prospérité : il dénude les fondations de l'ordre social, et tout paraît chanceler sur sa base. Il met de côté les raisons de détail auxquelles s'arrêtent les esprits superficiels : il remonte dans des régions plus hautes, et fait voir à tous que les causes qui désorganisent les empires sont supérieures à ces points de vue purement humains, qui forment les seuls horizons des politiques de ce monde.

Ce ne sont point les Barbares qui ont détruit l'empire Romain ; ce sont les vices et la corruption qui, depuis de longues années, en avaient miné sourdement les fondations (1).

(1) Caton disait au Sénat de Rome, dans le procès de Catilina : « Gardez-vous de penser que ce soit par les armes que nos ancêtres ont fait de la république, d'abord si faible, un si puissant empire. S'il en était ainsi, nous la verrions aujourd'hui bien plus florissante, puisque nous avons plus d'alliés, plus de citoyens, plus d'armes, plus de chevaux ; mais d'autres

Grande et éternelle vérité, qui forme comme le pivot du monde historique ! Malheur aux nations qui l'oublient ! elles sont voisines de leurs jours de décadence : et, quand elles sont tombées, on s'écrie avec tristesse : Ce n'est pas le coup de vent qui démolit un édifice ; il est peut-être la cause accidentelle de la ruine : la vraie cause est dans la dissolution des pierres qui composaient la muraille, dans la désagrégation du ciment qui les unissait.

Un politique italien non suspect disait dernièrement :

« Les nations vivent de leurs qualités et de moyens, qui nous manquent, fondèrent leur grandeur : au dedans l'activité, au dehors l'équité ; dans les délibérations, un esprit libre, dégagé de passions et de vices. Au lieu de ces vertus, nous avons, nous, le luxe et l'avarice, la pauvreté de l'Etat, l'opulence des particuliers ; nous vantons les richesses, nous chérissons l'oisiveté ; nulle distinction entre les bons et les méchants ; l'ambition possède toutes les récompenses de la vertu. Et il ne faut pas s'en étonner ; lorsque vous consultez chacun vos intérêts particuliers, lorsque vous vous rendez esclaves chez vous de vos plaisirs, ici de l'argent ou de la faveur, il en résulte que l'on se jette de toutes parts sur la république abandonnée. » (Salluste, ch. LII.)

leurs vertus : elles meurent de leurs défauts, de leurs fautes et de leurs crimes (1). »

J'ai essayé, dans ma dernière instruction, de vous exposer sommairement ces grandes vérités ; et là comme toujours, nous avons trouvé le christianisme d'accord avec la vraie philosophie, et les sages de tous les siècles ont rendu le même témoignage que les docteurs chrétiens. Je vous ai parlé en toute franchise, et si j'avais besoin d'excuses, je les trouverais dans ces paroles de Platon : « Il y a deux manières de parler au peuple : la première est la flatterie et une vile adulation, et la seconde est la seule digne d'une âme honnête ; c'est celle qui travaille à rendre meilleure l'âme des citoyens, et qui s'applique en toute rencontre à dire ce qui est le plus avantageux, que cela doive être agréable ou non à certains auditeurs (2). » Telles étaient les règles tracées aux orateurs par l'antique démocratie ; on me pardonnera d'y avoir été fidèle.

(1) *Corresp. pol.* de Massimo d'Azeglo, p. 237.
(2) *Gorgias*, p. 368, éd. Didot, t. III, p. 351, trad. Cousin.

Aujourd'hui, je voudrais tirer avec vous ces deux conséquences : ce que nous avons dit renferme une grande et double leçon, et cependant nous devons avoir confiance.

Tel sera le sujet de votre bienveillante attention.

Avant de commencer, permettez-moi une petite digression, qui cependant se rapporte à mon sujet.

Dimanche dernier, en revenant de la cathédrale après mon sermon, je jetai un coup d'œil sur les journaux de Reims que l'on venait de distribuer ; j'y trouvai un fragment de biographie du brave, de l'intrépide général Trochu (1).

L'auteur de la biographie cite des paroles

(1) Il s'agit ici uniquement de la défense héroïque de Paris, défense qui, après les désastres de Sedan, a d'abord été entreprise avec des ressources relativement peu considérables, puis poursuivie au milieu de nombreuses difficultés à l'intérieur et à l'extérieur. La pensée de l'orateur reste étrangère à tous les débats qui ont été soulevés postérieurement au sujet de la conduite politique du général Trochu — Qu'on n'oublie pas, d'ailleurs, que ces discours ont été prononcés au milieu de l'invasion étrangère, en présence d'un nombreux état-major prussien et de soldats allemands qui remplissaient en partie la cathédrale. Cette

qu'il a recueillies lui-même sur les lèvres du général : « Je ne vous dissimule pas, disait Trochu en très-haut lieu, il y a six ans, je ne vous dissimule pas que l'avenir de la France m'inspire de très-vives inquiétudes. Le sentiment moral s'éteint dans une foule d'âmes. Le mal en viendra à ce point, que la France ne pourra se régénérer que sous le coup de terribles événements. »

En lisant ces paroles, je m'écriai aussitôt : Vraiment, sans le savoir, je viens simplement de commenter les pensées du héros que la France, que l'Europe entière admirent. Je tenais, mes très-chers frères, à vous raconter cet incident, parce qu'il confirme tout ce que j'ai dit dimanche dernier. Puis, je l'avouerai, c'est une consolation, une joie, un bonheur pour mon cœur français, de saluer en passant cette glorieuse figure, ce Bayard des temps modernes, et de lui envoyer de loin toutes les bénédictions du successeur de saint Remi.

partie de l'exorde n'était peut-être pas sans courage, ainsi que l'ont remarqué plusieurs fidèles

(Note de l'éditeur.)

Personne ici, quel qu'il soit, ne saurait désavouer mes paroles ; car le courage, l'amour de la patrie poussés jusqu'à l'héroïsme ont toujours excité l'admiration, même dans les rangs des ennemis vainqueurs. Scipion, le second Africain, ne put retenir des larmes remplies de tristes pressentiments sur sa propre patrie, en voyant les ruines fumantes de Carthage incendiée. Il pensait, disent les historiens, à l'ancienne gloire de cette ville maîtresse des nations, si célèbre par son courage et son habileté, et qui venait d'affronter les horreurs d'un siége et de la famine (1). Alors il se mit à pleurer sur les malheurs de la guerre, sur les infortunes de ses ennemis, et il songeait aux chances de l'avenir qui tôt ou tard pouvaient menacer la ville de Rome. Ces larmes de Scipion l'Africain valent mieux pour sa gloire, et l'honorent plus aux yeux de la postérité que la prise de Carthage et le magnifique triomphe qui lui fut décerné par les Romains : car ces larmes prouvaient un

(1) Appianus, *De rebus Punicis*, ch. ĆXXXII, p. 159-160, éd. Didot.

noble cœur, plus grand que la victoire, et mettant les sentiments de l'humanité au-dessus de l'éclat d'une gloire éphémère.

I

Nous pouvons tirer, des considérations que nous avons développées, une double leçon : 1° sur la vanité et la fragilité des biens de ce monde, quand on les sépare de Dieu ; 2° sur l'infirmité de la sagesse humaine, quand elle s'isole des pensées chrétiennes.

L'éducation est le fruit de la vie tout entière. — Souvent, quand le jeune homme ou la jeune fille ont terminé ce qu'on appelle leur éducation, ils croient tout savoir; mais ils connaissent à peine l'alphabet de la vie; chaque heure qui s'écoule, chaque pas en avant dans le chemin de l'existence, révèle leur ignorance profonde ; tous les jours, à la rude école de l'expérience, ils sont obligés d'épeler avec tristesse quelque lettre nouvelle de l'alphabet mystérieux. Mais il est des heures, il est des jours où cette triste science de la vie se précipite, comme si le maître de la route nous conduisait en chemin de fer : alors, pour me servir d'une parole de l'Écriture, la science nous arrive comme par inondation, *scientia tanquam inundatio abundabit* (1) : un voile épais semble s'ouvrir au large, et nous découvrons au loin des horizons qui nous causent un subit et douloureux effroi.

On nous a souvent répété au catéchisme, dans les prônes de la paroisse, dans les instructions de Carême ; nous avons lu souvent dans les ouvrages de piété, que les biens de ce monde, séparés de Dieu, ne sont que vanité ; que la richesse, la prospérité, la gloire et tout ce que les hommes estiment, ne sont, quand on les isole de leur principe et de leur fin, ne sont que fantômes, ombres vaines, nuages brillants, qui disparaissent le matin, et sans attendre même le soir de la vie. Nous avons reçu ces paroles, peut-être comme je ne

(1) Eccli, XXII, 16.

5.

sais quelles légendes poétiques, qu'on écoute pour distraire l'esprit, sans qu'il en résulte aucune conséquence pour la pratique de la vie ; que dis-je? Plusieurs ont paru croire que les ministres de Dieu, en prêchant ces vérités, remplissaient leur rôle, et, si parfois la parole du prédicateur a paru harmonieuse, on a bien voulu l'écouter, comme on écoute un chant de poésie à la teinte doucement mélancolique, mais sans y attacher d'autre importance ; *et eris eis quasi carmen musicum, quod suavi dulcique sono canitur, et audiunt verba tua, et non faciunt ea* (1). Alors on nous a laissés parler comme ces poëtes, qu'on laisse chanter les misères de la vie, mais sans les prendre au sérieux.

Les ministres de Dieu nous ont souvent exhortés à user de ce monde comme n'en usant pas, c'est-à-dire, à ne pas y mettre notre fin dernière, à nous servir des biens de la terre pour remplir nos devoirs, pour occuper d'une manière noble et digne notre position

(1) Ezéch., XXXIII, 32.

dans le monde, mais à planer au-dessus, à faire de la vertu et de la pratique du bien la base de notre vie, à regarder l'existence comme une préparation à un monde meilleur, et à tout rapporter comme fin dernière à l'éternité. Le prédicateur des vérités divines ajoutait que cette manière d'envisager les choses ne nuirait en rien à notre prospérité temporelle, que nous jouirions, au contraire, beaucoup mieux de la somme de biens que nous départirait la divine Providence, et que le regard de l'âme vers l'éternité était comme une chaîne d'or qui, en rattachant toutes choses au ciel, leur donnait plus de solidité et une sécurité plus grande.

Les oreilles des enfants du siècle n'ont pas compris cet enseignement, aussi sage que favorable à leurs véritables intérêts. Ils ont considéré toutes ces paroles comme l'écho mystique du moyen âge, comme des règles tracées pour des enfants, mais ne pouvant plus s'appliquer à l'humanité émancipée du XIXᵉ siècle. Ils ont pris à tâche, au contraire, de couper cette chaîne mystérieuse, qui devait unir les intérêts du temps à ceux de l'éternité, et donner ainsi aux premiers plus de stabilité et d'aptitude à rendre l'homme heureux. Ils ont ensuite continué leur marche, bien décidés à ne regarder que la terre, à ne donner en pâture à leur intelligence que les calculs de ce monde, à leurs cœurs que les satisfactions d'un ordre inférieur, *oculos suos statuerunt declinare in terram* (1). Ils ont dit, ou semblé dire, que, lorsqu'on avait à sa possession l'océan par les flottes et les bâtiments de commerce, la terre par les chemins de fer, par l'agriculture, par les riches produits du sol, par l'industrie ; et l'univers tout entier par de puissantes armées et par les conquêtes d'une science progressive ; ils ont dit que, lorsqu'on possédait tout cela, on pouvait se passer de Dieu et de ces relations que le christianisme avait établies entre le ciel et la terre ; que l'on pouvait laisser flotter les rênes sur les instincts des masses, sur les passions des hommes, et que, finalement, tout irait pour le

____

(1) *Ps.* XXVI, 11.

mieux. Ils ont affirmé hautement, qu'ainsi appuyées sur l'ensemble des intérêts matériels, les sociétés pouvaient, non-seulement sans inquiétude, mais avec un sentiment de noble sécurité et de légitime orgueil, contempler l'avenir. *O Tyre, tu dixisti: perfecti decoris ego sum* (1).

Un jour, toute la civilisation corrompue de l'Orient se trouva en lutte avec les peuples de la Grèce, alors que ces derniers avaient encore toute l'austérité de la vertu de leurs ancêtres. Xerxès, ce monarque enivré de sa gloire, s'avança avec une armée qu'on évalue à près de trois millions d'hommes, et, dans son orgueil insensé, il demandait à un vieux Spartiate retiré à sa cour, si les Grecs et même tout l'Occident oseraient lui résister. Le Spartiate, connaissant les précautions nécessaires à la cour, lui répondit: «O roi, faut-il vous flatter, ou vous dire la vérité?» — «Je veux savoir la vérité, lui répondit Xerxès, et je ne vous en aimerai pas moins.» — «Eh

(1) Ezéch., XVII, 3.

bien ! lui répondit le Spartiate, puisque vous m'obligez à dire la vérité, à dire des choses que les événements vont justifier, je vous réponds que les Grecs vous repousseront vigoureusement, et quand même les autres Grecs se rendraient à vous, les Lacédémoniens seuls vous tiendraient tête : et la raison, c'est que ces peuples sont élevés à l'école de la pauvreté, qui leur a appris la sagesse, la vertu, le respect de la loi, et les rendra victorieux de leurs ennemis (1). »

Il me semble voir en ce moment la civilisation du XIXe siècle s'avancer aussi fière, peut-être plus fière que Xerxès ; il me semble l'entendre dire : Qui pourra me résister ? Je possède toutes les forces vives de l'univers matériel, je marche sur les ailes des vents, je n'ai qu'à faire un signe, et mes ordres sont exécutés. — S'il était permis de dire la vérité à ce maître non moins impérieux et hautain que les despotes de l'antiquité, on pourrait lui répondre : Vous vous croyez fort, mais

(1) Hérodote, l. VII, ch. c, civ, p. 345, 346, édit. Didot.

dans la réalité, vous êtes faible et sur le point de tomber. Ce qui rend les peuples forts, c'est l'austérité de la vertu, c'est le respect de la loi, c'est le désintéressement. L'avenir n'est pas aux peuples riches et fiers de leurs progrès matériels: ils sont plus exposés que les autres à la décadence. L'avenir est aux peuples vertueux et chrétiens: l'avenir, la prospérité, la sécurité de la paix appartiennent à ces générations vigoureusement retrempées dans l'esprit évangélique, et marchant à la conquête du vrai progrès avec la bannière du christianisme.

J'ajouterai même avec Montesquieu que la vertu est plus nécessaire dans les états démocratiques que sous les autres régimes (1). Le même écrivain fait ailleurs cette remarque: «Les politiques grecs qui vivaient dans le gouvernement populaire, ne reconnaissaient d'autre force qui pût le soutenir que celle de la vertu. (2).»

____

(1) *Esprit des lois*, l. III, ch. III, IV, V.
(2) *Esprit des lois*, l. III, ch. III, p. 54-55.

Xénophon nous a conservé une parole de Socrate qui semble répondre à la pensée de Montesquieu : « Ne savez-vous pas, disait ce grand philosophe, que tout ce qui tient le sceptre de l'antiquité et de la sagesse parmi les nations et les villes, ce sont les nations et les villes les plus religieuses ; et que les siècles les plus sensés sont ceux qui ont eu le plus de soin des choses divines(1). » Ne pourrais-je pas, M. T. C. F., retourner la pensée de Socrate et dire à certains peuples : Savez-vous pourquoi vous n'avez plus aucun sceptre, ni celui de la sagesse, ni celui des traditions antiques, de ces traditions qui sont comme le sol où poussent les institutions sociales? Savez-vous pourquoi vous êtes semblables à un terrain bouleversé, où tous les vieux arbres ne tiennent plus, où toute ancienne végétation disparaît ? Savez-vous pourquoi le bon sens s'en va? C'est parce qu'il n'y a plus de respect pour les choses divines, et que le culte de la Divinité est tombé dans l'indifférence et presque

(1) Xénophon, *Mémorables*, l. I, ch. IV, p. 540, éd. Didot.

dans le mépris. — Plutarque, cet autre sage de l'antiquité, vous avait avertis qu'il serait plus facile de bâtir une ville dans les airs, que d'avoir une société sans religion (1). Ne voyez-vous pas que vous avez voulu bâtir une ville dans les airs, c'est-à-dire constituer les peuples et les cités sans religion? Ne soyez donc pas surpris si, à certaines époques rapides comme la foudre, tout s'écroule : tout ce qui est bâti dans les airs n'a pas de soutien, et doit tomber ainsi. — L'idée et le culte de la Divinité sont tellement nécessaires à l'existence et à la durée des sociétés, que les nations ne peuvent pas même se passer d'une religion fausse. A combien plus forte raison la Religion vraie n'est-elle point l'élément vital et essentiel des peuples qui ont eu le bonheur d'en jouir?

Mais, M. T. C. F., rien n'est plus difficile que de faire comprendre cet enseignement aux peuples qui sont dans la prospérité. La prospérité est comme une cire onctueuse qui

(1) Plut. *Adversus Colot.*, ch. XXXI, p. 1376, édit. Didot.

ferme les oreilles aux leçons de la sagesse.
L'humanité est semblable à Xerxès : quand
elle est heureuse et qu'on veut lui dire la vérité, et lui annoncer les malheurs qui la me-
nacent, elle fait comme ce roi de l'Orient, qui
se mit à rire en entendant le langage du Spartiate, et, sans se fâcher, se borna à l'éconduire
tout doucement ; *hæc dicta in risum vertit
Xerxes, neque ulla concitatus est ira, sed comi-
ter hominem dimisit* (1). Et encore l'humanité,
pour ceux qui veulent lui dire le vrai, n'est
pas toujours aussi polie que ce roi de l'Orient.

Alors, comme il faut un enseignement aux
hommes ainsi égarés, la Providence se charge
de le donner, et de façon à ce qu'il soit clai-
rement entendu et compris : Dieu le doit à sa
justice et à sa bonté. Il frappe un seul coup,
et tous ces rêves diparaissent comme par en-
chantement : il ne frappe pas toujours lui-
même et directement ce coup décisif ; il lâche
la bride aux passions humaines, toujours
prêtes à faire irruption : passions d'orgueil,

(1) Hérodote, liv. VII, ch. cv, p. 347.

d'ambition, de vengeance; passions des individus, des gouvernements, des subordonnés,
rivalités de peuples à peuples : alors, comme
dit une femme célèbre, « Dieu permet que
tout le monde soit l'instrument de ce dont
personne ne veut (1). » Mais quels que soient
les instruments de la justice et de la bonté
de Dieu, l'enseignement est donné avec cette
souveraine autorité que personne ne saurait
décliner. Alors tout s'effondre autour de nous :
c'est quelque chose qui rappelle ce qui doit
se passer au dégel des glaces du pôle. Quelques heures auparavant, tout semblait solide
sur ces surfaces glacées et glissantes. Soudain
un horrible craquement se fait entendre; la
débâcle est arrivée, et l'on n'aperçoit plus que
des masses flottantes, oscillant avec fracas sur
une mer furieuse : essayez de mettre le pied
sur un de ces monticules en marche, il glisse
sous vos pas, et, à moins que vous ne soyez
un intrépide nageur, il vous aide à couler
sous les abîmes.

(1) Madame Swetchine, *Lettres inédites*, p. 237.

Le plus célèbre des philosophes grecs prêchait ces vérités au peuple d'Athènes, et il est vraiment inouï que nous soyons obligés de répéter ces choses aux générations chrétiennes, et que nous ayons de la peine à nous faire comprendre : « Dieu, dit Platon, est le commencement, le milieu et la fin de tous les êtres : il marche toujours en ligne droite, en même temps qu'il embrasse le monde : la justice le suit, vengeresse des infractions faites à la loi divine. Quiconque veut être heureux, doit s'attacher à la justice, marchant humblement et modestement sur ses pas. Mais, pour celui qui se laisse enfler par l'orgueil, les richesses, les honneurs, les avantages extérieurs... qui s'imagine n'avoir besoin ni de maître, ni de guide, et se croit en état de conduire les autres, Dieu l'abandonne à lui-même. Ainsi délaissé, il se joint à d'autres présomptueux comme lui, il secoue toute dépendance, il met le trouble partout : pendant quelque temps, il paraît quelque chose aux yeux du vulgaire, mais il ne tarde pas à payer la dette à l'inexorable justice, et finit par se perdre, lui, sa famille, et sa patrie. Tel est l'ordre immuable des choses (1). »

Ainsi parlaient les écoles du paganisme : elles étaient vraiment plus sages, elles entendaient mieux les intérêts de la patrie que ceux qui se sont constitués les modernes instituteurs du peuple.

Il reste encore une chose sur laquelle les générations présentes avaient besoin de recevoir une leçon.

L'homme du siècle se croit sage et prévoyant : il a une confiance presque exclusive dans les calculs de la raison humaine ; le philosophe a ses utopies ; le politique, ses combinaisons ; et quand l'homme d'Etat est assis sur un fauteuil, il fait manœuvrer l'Europe selon les prévisions d'une sagesse, quelquefois infatuée d'elle-même. Quand je parle d'homme d'Etat, je veux dire un peu tout le monde : car, à notre époque, tout le monde se croit, au moins un peu, homme d'Etat : chacun se donne la gloire et la satisfaction de

(1) *Leg..*, 1. IV, p. 326, éd. Didot, t. VII, p. 233-234, trad. Cousin.

combiner des systèmes, de former des plans de stratégie civile et militaire. — Quand les prévoyances humaines demeurent renfermées dans les limites de la raisoñ et de la justice, quand chacun reste à sa place et travaille dans la sphère de sa vocation à la vraie prospérité de l'Etat; quand surtout les peuples ont conservé les vraies notions de la vertu chrétienne, la Providence aime à bénir les efforts de ceux qui concourent au salut et à la prospérité publique; elle travaille elle-même avec ceux qui, à un degré quelconque, sont les conducteurs des peuples; et les sociétés peuvent jouir de ce bonheur tempéré qui est dans les desseins de Dieu.

Mais il arrive des temps où les hommes s'infatuent dans une prétendue sagesse, s'enivrent de leurs succès intellectuels, se glorifient en eux-mêmes sur les hauteurs de leur puissance éphémère : ils rêvent, en dehors de Dieu, des projets de gloire et de domination : ils combinent l'avenir d'une civilisation brillante et progressive, dont ils seront les héros et les conducteurs intelligents. Et voilà que

tout à coup, on ne sait comment, Dieu fait le
vide autour de ces rêves gigantesques : l'œil
infini, auquel rien n'échappe, a vu une fissure,
plusieurs fissures dans ces constructions dont
les hommes ont voulu être les seuls architec-
tes, dont ils ont voulu notamment exclure
toute coopération divine. C'est là, dans cette
fissure inconnue aux regards de l'homme,
que Dieu met je ne sais quel instrument, qu'il
a recueilli je ne sais où, et soudain un ébran-
lement général prouve aux moins intelligents
que, si Dieu n'est pour rien dans une construction sociale, l'édifice n'a aucune solidité,
et qu'un coup de vent en a bientôt vu la fin;
*nisi Dominus œdificaverit domum, in vanum
laboraverunt qui œdificant eam* (1). Alors se
vérifie cette parole de l'Apôtre : « Je perdrai,
dit le Seigneur, la sagesse des sages, je con--
damnerai les calculs de la prudence humaine,
et il sera prouvé aux yeux de tous que la sagesse humaine n'est que folie, quand elle se
sépare de celle de Dieu; *perdam sapientiam*

____

(1) Psal., CXXVI, 1.

sapientium, et prudentiam prudentium repro-
babo... nonne stultam fecit Deus sapientiam
hujus mundi (1) ? »

Jamais, peut-être, à aucune époque, les enfants des hommes n'ont eu plus besoin d'un
pareil enseignement; jamais, peut-être, l'audace des constructeurs d'une nouvelle tour
de Babel n'était montée plus haut. Mais jamais, peut-être, la leçon n'avait été plus subite, plus vigoureuse, et n'avait ouvert de
pareils abîmes. Que voulez-vous, M. T. C. F.?
Dieu est le seul sage, par excellence, le seul
fort en ce monde, le seul dont la gloire et la
puissance ne vieillissent jamais. Et quand les
hommes, se servant des dons que Dieu leur a
confiés dans sa bonté, les retournent contre
lui, ou bien veulent s'en servir en dehors de

(1) Cor., I, 1, 20, 21.

« Il faudrait être aveugle pour ne pas voir qu'il y
a une puissance occulte et terrible, qui se plaît de
renverser les desseins des hommes, qui se joue de ces
grands esprits qui s'imaginent remuer tout le monde,
et qui ne s'aperçoivent pas qu'il y a une raison supérieure qui se sert et se moque d'eux, comme ils se
servent et se moquent des autres. » (Bossuet, *Sur la
loi de Dieu*, 1er point.)

lui, quand ils cherchent à bannir Dieu du mouvement des choses de ce monde, comme si partout ici-bas Dieu n'était pas chez lui, il arrive un moment où, dans l'intérêt même de l'humanité, la patience du Seigneur est à bout, et il s'apprête à remettre chacun à sa place. Alors il tend comme un immense filet, où la sagesse humaine est prise dans un piége, et convaincue de folie (1); ou bien encore, il se sert de l'astuce des uns pour perdre l'astuce des autres; il opère de ces mélanges de passions humaines qui broient tout; et, quand tout est broyé, l'homme est obligé de s'écrier : « O Seigneur! vous êtes le seul grand, vous êtes seul le Très-Haut et le seul Tout-Puissant, *Tu solus Dominus, tu solus Altissimus* (2). » Alors on se rappelle les paroles de l'historien

(1) *Adducit consiliarios in stultum finem, et judices in stuporem : balteum regum dissolvit et præcingit fune renes eorum.* (Job, XII, 17).

(2) Les païens eux-mêmes reconnaissaient ces grandes vérités : « L'assistance tutélaire de la Divinité, dit Cicéron, conserve la République romaine, beaucoup plus que les lumières et les conseils des hommes. » (Cicéron, *Pro Rabirio, orat.* 18, t. II, p. 545, éd. Nisard.)

grec : « La Divinité frappe de la foudre tout
ce qui veut s'élever avec insolence, mais elle
épargne ce qui est humble... ; elle atteint surtout les cimes des grands arbres et les abat... ;
elle détruit les grandes forces sociales et les
ensevelit sans gloire..., car la Divinité ne permet pas que les peuples semblent vouloir
s'égaler à elle, par l'intempérance de leur
orgueil (1). »

Écoutez encore Pindare ; sa parole poétique
est rapide et ailée comme la flèche : « L'œuvre
de la Divinité est prompte, quand elle se hâte,
et ses voies sont courtes... Dieu dispose à son
gré de tous les événements ; Dieu, qui atteint
l'aigle dans son vol superbe et devance le dau-
phin des mers, qui abaisse le front des orgueil-
leux (2). »

Il est un problème qui se présente à résou-
dre à la raison humaine, problème formidable
et toujours pendant depuis bientôt soixante
siècles ; partout, à toutes les époques, chez
tous les peuples, en Europe comme en Améri-

(1) Hérodote, l. VII, ch. x, p. 323, éd. Didot.
(2) Pindare, *Pythiq.*, IX et II.

que, il s'est dressé et il se dresse encore, sol-
licitant une réponse, et les sages de tous les
siècles ont toujours échoué à trouver la solu-
tion. — Ce problème, le voici : — Un jour, des
millions d'hommes se lèvent, ils se ruent les
uns contre les autres comme des bêtes fauves ;
ils ont exploité par de savantes combinaisons
toutes les forces de la nature afin de mieux se
détruire ; ils emploient à cet effet plus de
poudre qu'il n'en faudrait pour faire sauter des
chaînes de montagnes ; ils ruinent des pays en-
tiers ; ils engouffrent dans des abîmes de sang
des sommes qui dépassent l'imagination ; ils
jettent dans le gouffre vingt, trente milliards,
qui auraient suffi à soulager toutes les misères,
à fonder des institutions charitables pour les
siècles de l'avenir, à assurer la prospérité publique, à multiplier les canaux, les routes, les
chemins de fer. Tout cela perdu, abîmé, en-
glouti peut-être en quelques semaines ! En
quelques semaines, la sueur de plusieurs générations et les espérances d'un long avenir,
versées comme l'eau qui disparaît dans la
prairie !

Et cependant prenez à part chacun de ces hommes qui vont ainsi se précipiter sur leurs semblables, chacun de ces chefs qui vont commander le feu ; vous n'en trouverez peut-être pas un qui ne déplore les suites terribles de la guerre, qui n'avoue que c'est une chose horrible et une cruauté sociale. — Quelques minutes après ce raisonnement, le clairon sonne, et ces mêmes hommes qui avaient une philosophie si pacifique, partent comme la foudre, s'élancent les uns contre les autres, s'égorgent selon les règles d'une savante tactique, et, quelques jours après, ils couronnent de lauriers celui qui, par une plus habile manœuvre, aura occasionné une plus épouvantable boucherie.

Voilà une sanglante ironie et une déplorable contradiction ! et cependant cela existe depuis l'origine des peuples, et je crains bien que cela ne continue ainsi, malgré les dissertations platoniques sur ce sujet. N'est-ce pas là le renversement de la logique et de la raison ? N'est-ce pas la destruction des calculs de cette pauvre sagesse humaine, prise ainsi dans les mailles de mille contre-sens ? N'est-ce pas l'anéantissement de toutes les prévisions, de toutes les prophéties sur la prospérité matérielle des peuples ? Mais n'est-ce pas aussi le glaive de la justice de Dieu, qui frémit à travers les glaives de ces millions de guerriers, et qui les fait agir comme malgré eux, et presque contre leurs convictions personnelles, semblables à des hommes entraînés dans un tourbillon dont ils ne seraient pas les maîtres ? C'est ainsi qu'il arrive en mer : l'équipage et le navire sont tout à coup saisis par une trombe qui descend des régions supérieures, et l'on ne sait plus où l'on va. La guerre aussi, comme du reste tous les fléaux, qu'ils appartiennent à l'ordre physique ou à l'ordre moral, la guerre ne tient-elle pas à des causes supérieures, que les hommes n'expliqueront jamais, dont les causes secondes sont les occasions et les instruments, mais sans pouvoir en éclaircir les affreux contre-sens, sans pouvoir en dégager la fatale inconnue ? Est-ce que la guerre ne serait pas, comme l'a dit de Maistre, un *Département* dont Dieu s'est réservé

6.

le ministère (1)? Ne serait-elle pas le fléau de Dieu pour punir et purifier les peuples, comme l'électricité de la foudre, qui assainit l'atmosphère? Et les fléaux de Dieu, qu'ils s'appellent choléra, la guerre, la peste, les sauterelles d'Afrique, on ne peut ni les expliquer, ni les empêcher. Je me trompe cependant, M. T. C. F., il y aurait pour les nations un moyen d'empêcher la guerre et de la prévenir, ce serait la pratique constante et sincère des leçons que nous a données cet Agneau pacifique, qui est mort pour le salut du monde, et dont le sang aurait dû être le dernier versé pour la rédemption du genre humain. Car l'esprit de l'Évangile, est éminemment un esprit de paix, *Evangelii pacis* (2). Et nous, ministres de l'Évangile quelle est notre mission, sinon de prêcher toujours la paix, surtout entre les nations chrétiennes, *quàm speciosi pedes evangelizantium pacem* (3) !

Avant d'aller plus loin, M. T. C. F., je vous

(1) *Soirées*, 7ᵉ entretien, t. II, p. 39
(2) Eph., VI, 15.
(3) Rom., X, 15.

prie de remarquer que je n'entre dans aucun détail ; je ne fais de politique ni dans un sens, ni dans l'autre ; je me tiens sur les hauteurs chrétiennes, sur ces sommets divins, où il fait toujours bon respirer, et maintenant plus que jamais ; car ailleurs il semble qu'on étouffe, on n'a pas d'air, l'atmosphère respirable manque à l'esprit et au cœur, et l'on serait presque menacé de l'asphyxie la plus terrible de toutes, l'asphyxie de l'âme. Restons donc encore un instant sur ces sommets divins ; car j'appliquerai surtout à ces régions supérieures de la Religion la parole du poëte latin : Sur les sommets qui dominent la mer des tempêtes, on trouve encore la paix, *pacem summa tenent* (1).

(1) Lucain, *Pharsale*, liv. II, v. 273.

II

Les malheurs publics sont, dans les intentions de la Providence, un moyen de châtier,
de purifier et d'instruire les nations. C'est la
grande loi de l'histoire; ce n'est pas seulement le christianisme qui nous apprend cette
vérité, ce sont tous les hommes sérieux, tous
les écrivains, tous les philosophes de l'antiquité païenne. Attila lui-même disait hautement qu'il n'était que l'instrument d'un pouvoir supérieur à lui. Quand l'orgueil, la
sensualité, le blasphème, l'oubli de tous les
devoirs sont arrivés à une certaine limite, la
justice de Dieu apparaît, et ce ne sont ni les
grandes phrases, ni les combinaisons, ni les
retours sur le passé qui peuvent nous sauver :
les grandes eaux ont débordé et l'inondation
est partout. — Au milieu de ces ruines, je
plains sincèrement l'homme du monde qui

n'a pas la foi : au milieu de ces bouleversements qui détruisent tout, de ces tremblements de terre qui ne laissent que des décombres, au milieu de ces éclats de la foudre
dans un ciel qui paraissait serein ; lorsque
tout semble brisé et broyé, que le présent est
sombre et l'avenir chargé de nuages effrayants,
que reste-t-il à l'homme du monde qui n'est
pas profondément chrétien ? Je l'avoue, il
doit lui rester bien peu de chose, et c'est pourquoi j'ai une si grande compassion pour lui ;
il me semble le voir errer au milieu des fantômes du désespoir et des étreintes glaciales
de la croyance au fatalisme. Mais pour nous,
enfants de Dieu, après tous ces naufrages des
espérances humaines, il reste Dieu et son
amour, et c'est tout dans la vie. Chrétiens,
nous croyons que cette vie est un pèlerinage,
que c'est le temps de l'épreuve, que les chan-
gements, les révolutions, les soulèvements des
vagues humaines sont des phénomènes terribles, mais fréquents dans l'histoire ; et que
toutes ces commotions, par un dessein caché
de la divine Providence, servent à corriger, à

purifier et à ramener les nations au devoir.
Alors nous nous humilions sous la main toute-
puissante de Dieu, et nous prions pour nos
iniquités et celles du peuple. — Mais nous
croyons aussi que l'homme s'agite et que
Dieu le mène, nous croyons que toutes ces
agitations fiévreuses, tous ces mouvements
convulsifs, ces marches précipitées ne sont,
dans leur comparaison avec le pouvoir divin,
que les mouvements d'une armée de fourmis
dans la plaine, *formicarum more nobis viri
super terram ire videntur* (1). Et quand la Providence en a assez de ces mouvements,
de ces bruits désordonnés, elle prend une
paille légère, et avec ce faible instrument,
elle brise les projets; elle arrête les marches,
elle fait rentrer les personnes et les choses
dans l'ordre de la vérité et de la justice. Et sur
ces débris de calculs humains nous aimons à
redire avec sainte Catherine de Sienne : « De
quelque côté qu'on se tourne, dans l'ordre
temporel et spirituel, on ne trouve que les

(1) Chrisost., *ad popul. Ant.*, hom. 15, n° 3, t. II,
p. 183, éd. Gaume.

abîmes et les feux de l'infinie charité, avec la douce, très-grande et parfaite Providence (1). »

M. Guizot, dans ses Mémoires, fait une remarque que l'on dirait écrite hier : « Aucun pouvoir humain ne domine de tels événements, ils appartiennent à un plus grand maître : Dieu seul en dispose (2). » Comme cette pensée est juste! comme cette parole est la photographie de ce que nous voyons! Non, aucun pouvoir humain ne gouverne de tels événements, ils appartiennent à un plus grand maître. Il y avait assez longtemps que ce grand maître était méconnu et quelquefois insulté ; il y avait assez longtemps que les hommes, semblables à des écoliers mutinés, troublaient les sphères de la vérité et de la vertu. Il était temps que le Maître suprême révélât sa présence toute-puissante, qu'il fît sentir l'inanité de la sagesse humaine et l'impuissance radicale de ses efforts. Aujourd'hui il ne reste plus que cet Esprit souverain qui domine la grande mer des événements déchaînés, et

(1) *Della Providenza*, ch. VII, p. 23.
(2) T. VII, p. 26.

qui seul en dispose. Il faut être aveugle ou avoir son parti pris contre la vérité, pour ne pas comprendre de pareils enseignements.

Mais, me direz-vous, avec une légitime et inquiète curiosité, si Dieu seul dispose de pareils événements, comment en disposera-t-il? Je suis heureux d'avoir à vous faire une réponse qui soit l'expression la plus vraie de la saine théologie, et en même temps une source de consolation et d'espérance pour le cœur humain. Tous les saints nous enseignent que la Providence ne permet jamais le mal que parce qu'elle se sent la volonté et la puissance d'en tirer un plus grand bien (1); et Dieu est un père qui, alors même qu'il châtie, n'oublie jamais sa miséricorde. C'est la raison de la permission du mal, des révolutions qui semblent briser la vie publique et celle des particuliers. Il arrive un moment dans l'existence

(1) « Dieu ne donne aux passions humaines, lors même qu'elles semblent décider de tout, que ce qu'il leur faut pour être les instruments de ses desseins. Ainsi l'homme s'agite, et Dieu le mène. » Fénelon, *Sermon pour l'Epiphanie*, 1ᵣᵃ partie.)

des nations où un abcès se forme au cœur et attaque les principes mêmes de la vie morale. La maladie est quelquefois d'autant plus dangereuse, que personne ne semble la soupçonner. Alors intervient, pour le salut du peuple, la main vigoureuse du premier et du plus intelligent des médecins. Elle frappe un coup, plusieurs coups douloureux, et la vie elle-même semble atteinte dans ses fibres les plus intimes. Mais un plus grand bien doit sortir de tous ces maux, de toutes ces douleurs, comme un plus grand bien est le résultat du coup de lancette que donne un chirurgien habile et dévoué. Quel sera ce plus grand bien ? Nous pouvons l'entrevoir d'une manière générale, mais les détails sont le secret du cœur de Dieu. Est-ce qu'un enfant s'enquiert avec trop de curiosité des projets de sa mère et des calculs de son affection, alors qu'elle panse les plaies de sa famille, et leur applique quelquefois des remèdes corrosifs ? L'enfant laisse faire celle qui lui a donné le jour et s'endort plein de confiance en l'avenir. Il n'a qu'une pensée : c'est de se montrer plus docile aux conseils de sa mère, et d'éviter ainsi les malheurs qu'ont occasionnés son imprudence et son défaut de soumission. Est-ce que Dieu n'est pas meilleur que la plus tendre des mères? Est-ce qu'il n'est pas toujours le Père infiniment bon, au milieu de ses apparentes sévérités? Laissons donc agir sa main toute-puissante et son cœur miséricordieux, et soyons sûrs que ce qui sortira de ce creuset de douleurs sera une œuvre encore plus belle et plus parfaite. Mais afin que les paternelles dispositions de Dieu ne soient pas inefficaces, reconnaissons humblement nos fautes, prenons la résolution de profiter des rudes leçons que nous sommes obligés de subir, de nous corriger de nos vices, et de ne plus abuser avec une licence effrénée des bienfaits du Seigneur. Disons à Dieu avec le prophète : « Seigneur, nous avons péché, nous avons foulé aux pieds votre loi et marché dans le chemin de l'iniquité (1)..... Mais, ô Dieu tout-puissant, notre âme dans l'angoisse et notre esprit troublé élè-

(1) Baruch, II, 12.

vent leurs cris vers vous. Seigneur, écoutez-nous, ayez pitié de vos enfants parce que vous êtes miséricordieux ; ayez pitié de nous parce que nous sommes des pécheurs, *miserere nostri, quia peccavimus ante te* (1). »

Adressons à Dieu la belle prière que saint Grégoire de Nazianze avait composée à une époque de calamité publique : « Seigneur, nous avons péché, et nous avons mérité votre colère. Nous sommes devenus un sujet d'opprobre à nos voisins. Vous avez détourné votre visage et nous avons été couverts d'ignominie. Seigneur, apaisez votre indignation, pardonnez-nous, soyez-nous propice ; quelques pécheurs que nous soyons, ne nous abandonnez pas pour toujours ; ne nous choisissez pas, afin de servir d'exemple aux autres par nos infortunes.... Nous sommes votre peuple et votre héritage. Châtiez-nous, mais avec douceur, et non pas dans votre colère. Ne permettez pas que nous soyons un peuple réduit et méprisé,

(1) Baruch, III, 2.

ne paucissimos nos facias et contemplis-
simos (1). »

Quand cette prière aura été faite avec un cœur contrit et humilié, nous nous relèverons pleins de courage et de confiance, et nous comprendrons cette parole du livre des Machabées, que « Dieu ne nous retire jamais sa miséricorde, et que, parmi les maux dont il afflige son peuple pour le châtier, il ne l'abandonne jamais (2). » Alors, nous espérerons contre l'espérance même; car, « l'espérance, dit un saint docteur, est comme la vigile de la fête éternelle... Elle est comme le printemps de l'âme au milieu de l'hiver de la vie, *ipsa in hieme præsentis exilii habet quasi tempus vernum et floridum* (3). » Que cette parole exprime bien notre situation! Nous sommes vraiment en hiver, hiver de l'âme, hiver de l'esprit et du cœur, où tout est froid et desséché autour de nous, où le passé semble du bois mort, le

(1) Prat. 16. *in Patrem tacentem*, n° 12, p. 951, t. I, éd. Migne.

(2) 2 Mach., VI, 16.

(3) *De erudit. princ.*, liv. II, ch. v. *inter opera* S. Thomæ.

présent un tronc aride, et l'avenir un arbre frappé de stérilité. Conservons l'espérance chrétienne au fond du cœur; qu'elle forme comme un doux printemps en notre intérieur; et soyons sûrs que, tôt ou tard, sous une forme que Dieu sait, et qui certainement sera la meilleure, ce printemps aura ses rameaux verdoyants à l'extérieur, et ramènera avec lui ces jours sereins, et ces chaudes haleines qui réchauffent la vie et raniment les membres engourdis; et l'âme, bien plus que le corps, a ses engourdissements moraux, qui réclament la chaleur et une nouvelle infusion de sève vivifiante, *quasi tempus vernum et floridum*.

Saint Denis représente la Divinité, au centre de la création, « toujours occupée à réparer les fautes et les crimes des hommes, à verser la vie sur le néant, le pardon sur le crime plein de repentir; à soutenir paternellement sa créature, et à la délivrer de tout mal (1). » On dirait que c'est là une des grandes et glorieuses occupations de l'Eternel,

(1) *De Div. nom.*, ch. VIII, n° 9; ch. I, n° 3

et la raison d'être de son infinie Providence.
Il me semble voir un immense courant de
vie, de lumière, de force, de miséricorde et
d'amour, qui ferait constamment le tour du
monde. C'est comme un Océan éternellement
jeune, toujours actif, toujours fécond, toujours vivifiant et restaurateur, qui puise dans
sa plénitude et son besoin de donner, la raison de ses continuels bienfaits et de ses quo-
tidiennes effusions. Ailleurs, le même docteur s'exprime ainsi : « N'est-ce pas un trait
d'ineffable et incompréhensible bonté, que
Dieu féconde le néant, et qu'après avoir produit les êtres, il les appelle à la gloire de lui
ressembler, et se communique à eux autant
qu'ils en sont respectivement dignes? Bien
plus, il aime éperdument ceux qui s'éloignent
de lui, il les recherche avec ardeur; il les
conjure de ne point le juger indigne de leur
amour, et de ne point repousser ses tendres
avances. Il supporte leurs téméraires provo-
cations, il prend lui-même leur défense, il
promet de les guérir. Qu'ils soient proches ou
encore éloignés, il court à leur rencontre, il

les enlace et les couvre de ses tendres embras-
-sements; il ne leur fait aucun reproche sur le
passé, il s'en tient au bonheur du présent.
C'est pour lui un jour de fête, il réunit ses
amis, afin que l'allégresse soit générale en sa
maison (1). »

Jamais peut-être plus belle page n'a été
écrite sur la bonté de Dieu, et c'est surtout
dans cette admirable doctrine que je puise la
raison de mes espérances. Si l'humanité était
seule avec ses crimes et ses éternelles erreurs,
ce serait à désespérer de l'avenir. Que dis-je?
il y a six mille ans que l'humanité serait en-
sevelie sous les abîmes de la vengeance divine. Mais au-dessus de l'humanité se trouve
le cœur de Dieu, et le cœur de Dieu est plus
large que l'immensité ; et, plus il donne, plus
il a besoin de se répandre encore : fontaine
de bienfaits et de pardon éternellement jail-
lissante, et qui, loin de s'épuiser, trouve dans
ses continuels jaillissements la raison d'une
fécondité nouvelle et d'une effusion plus
abondante.

(1) *Epist. VIII*, nᵒ 1.

Ce Dieu si bon et si miséricordieux aurait épargné une ville coupable pour dix justes, et cela sous la loi de crainte. Or, je le dis, et j'aime à le répéter pour la gloire de la France, il y a bien plus de dix justes par chaque grand centre de population. Ces justes prient avec ferveur et font une douce violence au cœur de Dieu. Et Dieu, non-seulement ne craint pas cette violence, mais il la désire et la sollicite, et on lui cause une grande joie en l'employant. Souvent la prière d'une âme inconnue et cachée dans une retraite obscure a sauvé les nations : elle a plus fait pour la délivrance que les armées et les calculs de la politique (1). Les Jeanne d'Arc des champs de

(1) Que de leçons les païens donneraient encore à certains esprits forts de notre époque ! « Cyrus déclare en présence de toute son armée que, dans toutes ses entreprises, grandes ou petites, il commence toujours par implorer la Divinité. » (Xénophon, *Cyrop*, liv. I, ch. L, p. 19, éd. Didot.) — Ailleurs il rend grâces à la Divinité pour les victoires qu'il vient de remporter. (Liv. IX, ch. I, p. 66, et liv. VII *passim*.)

Scipion partait pour Carthage ; à peine monté sur le vaisseau amiral, il commanda le silence par la voix du héraut et fit cette prière : « O Dieux, je vous prie

bataille sont rares dans l'histoire, mais les
Jeanne d'Arc de la prière sont innombrables ;
et au jour du jugement, quand les vraies
causes des événements seront dévoilées, on
comptera ces héroïnes par milliers, et l'on
saura combien de fois elles ont sauvé les familles et les nations, en remportant la victoire contre Dieu. La prière de l'âme juste se
met en travers de la justice divine, et lui dit
avec une sainte obstination : Vous ne passerez
pas. Et ce Dieu si puissant qu'un seul signe
de sa volonté ébranlerait les cieux et les bri-
serait comme du verre, ce Dieu si terrible

et vous conjure de faire en sorte que tous les actes de
mon commandement, passés, présents ou futurs, tour-
nent à mon avantage, à celui du peuple romain, des
alliés du nom latin et de tous ceux qui se sont atta-
chés à la fortune du peuple romain et à la mienne, et
qui combattent sous mes ordres, sur la terre, sur la
mer et sur les fleuves. Secondez mes projets et faites
qu'ils prospèrent ; ramenez-nous dans nos foyers,
sains et saufs, tous en santé, en force, vainqueurs de
nos ennemis. » (Tite Live, liv. XXIX, ch. XXVII.)
Ces illustres capitaines croyaient avec Cicéron « que
l'assistance tutélaire de la Divinité protége les Etats
beaucoup plus que les lumières et les conseils des
hommes. » (*Pro Rabirio*, orat. 18, ch. II.)

dans ses vengeances, mais si infiniment mi-séricordieux dans ses facilités de pardon, s'arrête tout à coup et laisse tomber l'épée de sa justice devant cette pauvre petite âme, qui a eu une singulière audace d'amour, l'audace de résister à Dieu et de le vaincre dans ce duel d'un genre tout nouveau.

Je lisais dernièrement le prophète Ézéchiel : une parole me frappa d'une lumière subite ; et le livre me tomba des mains, parce que j'avais besoin de réfléchir. Après avoir parlé des crimes de Jérusalem et des châtiments qui allaient fondre sur elle, le Seigneur se plaint de n'avoir trouvé personne qui s'interpose entre lui et son peuple pour arrêter sa justice : « J'ai cherché un homme qui me barrât le passage comme une haie, et qui se tînt sur la brèche pour m'arrêter, pour prendre la défense de ce peuple, et m'empêcher de le détruire ; *et quæsivi de eis virum, qui interponeret sepem, et staret oppositus contra me pro terra, ne dissiparem eam.* — J'ai cherché cet homme et je ne l'ai pas trouvé, *et non inveni,* et alors j'ai versé mon indignation, *et*

effudi super eos indignationem meam (1). » —
Seigneur, nous vous remercions de nous faire
ainsi connaître les divines faiblesses de votre
cœur : désormais, vous ne nous adresserez
plus le même reproche. Il y aura en France,
que dis-je? il y a en France, mille, dix mille,
cent mille braves qui vous arrêteront, qui se
tiendront sur la brèche comme le soldat, qui
refouleront votre justice, et ne livreront le
passage qu'à votre miséricorde. Laissez-nous
ajouter, ô mon Dieu, que vous serez le premier à vous réjouir de cette résistance que
désire votre amour : car vous cherchez vous-
même des hommes, que dis-je? un seul homme suffit, il n'en faut pas deux; vous cherchez un homme qui vous fasse cette opposition
divine, *quœsivi virum qui staret oppositus
contra me.*

Ayons donc confiance malgré tout, M. T.
C. F.; et que la prière soit comme l'aile de
l'amour, qui va chercher la miséricorde dans
le cœur de Dieu, pour l'épancher sur le

(1) Ezech., XXII, 30.

monde. — Ayons confiance en particulier pour la France ! Pauvre France ! elle me rappelle les paroles de Jérémie, de ce prophète qui, seul, a égalé les douleurs par ses lamentations : « Comment la maîtresse des nations est-elle devenue veuve, *quomodo facta est quasi vidua domina gentium* (1) ? veuve de sa gloire, veuve de son honneur, veuve de ses enfants ? Les larmes de sa douleur ont tracé des sillons sur ses joues, et elle ne trouve personne qui puisse la consoler, *lacrymæ ejus in maxillis ejus ; non est qui consoletur eam* (2). Jérusalem a grandement péché et c'est la cause de ce terrible retour de fortune, *peccatum peccavit Jerusalem, propterea instabilis facta est* (3). Mais Dieu ne saurait oublier le bien qu'elle a fait, ni la gloire de son passé, ni les vertus de ses enfants, vertus assez nombreuses pour couvrir les iniquités de la multitude. Dieu se souviendra de la grande nation dont saint Remi a été l'apôtre ; il nous

(1) *Thren.*, I, 1.
(2) *Thren.*, I, 2.
(3) *Ibid.*, 8.

rendra notre gloire, notre prospérité, notre honneur maintenant enseveli sous des décombres ; il nous rendra surtout les vertus chrétiennes qui étaient le plus riche trésor de nos ancêtres, et qui seront encore la meilleure sauvegarde de notre avenir, *innova dies nostros, sicut à principio* (1) : alors la France se dressera plus forte que jamais, et nous nous lèverons tous pour jeter sur la statue de notre mère des fleurs encore plus belles et plus nombreuses que celles qui ont couvert la statue d'une ville héroïque, et nous chanterons tous avec le prophète : « Levez-vous, Jérusalem, levez-vous dans votre force, revêtez les habits de votre gloire (2)... Vous ne vous appellerez plus la délaissée, et votre région ne sera plus nommée la terre de désolation ; mais votre nom sera la terre bien-aimée de Dieu (3)... Le Seigneur lui-même vous consolera, il réparera toutes vos ruines (4), »

(1) *Thren.*, V, 21.
(2) Isaïe, LII, 1.
(3) *Ib.*, LXII, 4.
(4) *Ib.*, LI, 3.

et vous redeviendrez la grande nation, la nation choisie, le bras de Dieu, pour continuer
à tracer, dans le sillon des siècles, les actes
du Très-Haut, *Gesta Dei per Francos.*

Il existe, dans les œuvres de saint Chrysostome, une page admirable de confiance et
d'espoir, qui paraît merveilleusement conve-
nir aux circonstances présentes : déjà plusieurs fois je l'ai citée, mais toujours j'aime à
la redire : « La tempête est partout, l'Océan
est soulevé dans toutes ses profondeurs, les
pilotes sont jetés à la mer avec l'équipage, de
noires ténèbres sont répandues sur les abîmes, et il semble que les hommes vont deve-
nir la proie des monstres marins. Mais toute
parole est impuissante à retracer nos maux.
Cependant je conserve l'espoir de temps meilleurs, et je demeure les yeux fixés sur le Pi-
lote souverain, qui, d'un signe, peut calmer
la tempête. S'il n'opère pas ce prodige immé-
diatement, c'est que telle est la coutume de
Dieu, de ne point guérir les maux au commencement, mais de les laisser croître, se
développer ; et quand tout est désespéré et

que la malice des hommes semble avoir épuisé son pouvoir, alors il réduit subitement les choses à une profonde tranquillité, et il les amène à un état prospère qui confond tout le monde... (1). » Puis le saint docteur conclut ainsi : « Que rien de ce qui arrive ne trouble votre âme, *nihil eorum quæ accidunt, animam tuam conturbet* (2). »

Que telle soit aussi notre devise, mes très-chers frères ; la vie publique et la vie privée sont semées de peines, de périls, de tristesses. Le vrai chrétien ne se laisse jamais abattre : le regard fixé sur l'étoile de la Providence, il continue sa route, il espère contre

(1) Chrysost., Epist. 1, *ad Olympiad.*, nᵒˢ 1-2, t. III, p. 632, 736, éd. Gaume.

(2) Ailleurs, le saint docteur exprime la même idée en termes encore plus énergiques : *Etsi omnia videamus confusa, etiamsi perturbationem plane intolerabilem, etsi ea omnia evenire quæ numquam facta fuerunt, etiamsi ipsam, ut ita dicam, creaturam cum seipsâ collidi, ipsius naturæ terminos moveri, omnia ex ipsis convelli fundamentis, prima elementa confundi, et omnium denique rerum maximam fieri perturbationem, non modo non vincemur, sed ne timebimus quidem.* (Chrysost., *in Ps.* 45, t. V, p. 219.)

l'espérance même, et l'avenir finit toujours par lui donner raison, parce que l'espérance et l'amour sont le dernier mot des œuvres de Dieu, et que celui qui espère ne sera jamais confondu, *in te, Domine, speravi, non confundar in œternum* (1).

Nous voici bientôt, M. T. C. F., à la fin de l'année, et je ne veux pas descendre de cette chaire sans vous offrir mes vœux les plus sincères et les plus paternellement affectueux. Que dire en ces jours si tristes, où la parole est aux événements ? Que vous souhaiter pour l'année prochaine, sinon qu'elle répare pour vous les désastres de l'année qui vient de s'écouler, qu'elle rende à vos familles le calme et la prospérité ; à cette ville et à la France la sécurité d'une paix qui ne soit pas trop onéreuse pour notre honneur et notre fortune publique ? Mais surtout je demande à Dieu que la terrible leçon de ces événements ne soit perdue pour personne, qu'elle contribue à régénérer nos sociétés corrompues, et à

(1) Psal., LXX, 1.

fixer à tout jamais, sur le sol de notre belle patrie, les racines impérissables de la religion et de la vertu. Ce n'est pas seulement mon cœur d'Archevêque qui forme ces souhaits pour vous : c'est un cœur français et dévoué aux intérêts de sa patrie ; intérêts qui, même dans leur partie matérielle, sont indissolublement liés à la pratique du bien et aux croyances religieuses.

Il y a deux ans, M. T. C. F., je fis un appel à votre générosité pour les pauvres, et je réclamai mes honoraires pour la station de l'Avent ; car tout ouvrier mérite un salaire, et je vous assure que les travaux de cabinet, les sollicitudes de tout genre et les fatigues de la parole ne sont pas moins pénibles que les labeurs de l'ouvrier dans les usines. Si plusieurs de ceux qui se plaignent et réclament contre ce qu'ils appellent l'oisiveté des hommes voués à l'étude et condamnés aux sueurs de la pensée, si plusieurs pouvaient faire la comparaison pratique des deux vies, peut-être retourneraient-ils avec bonheur au travail des fabriques. — Il y a deux ans, je réclamai donc des honoraires, non pas pour moi, car pour moi je ne sollicite que le bonheur de vous faire du bien autant que je le désire ; je réclamai pour les pauvres, qui sont mes enfants, et je remercie encore les âmes généreuses qui ont bien voulu répondre à mon appel. — Cette année, je n'ose pas, car vous avez tant de charges et vos ressources ont notablement diminué : je n'ose rien réclamer... Cependant il me semble que le cœur de plusieurs d'entre vous me fait un secret reproche de ne pas oser. Si donc les personnes auxquelles ma parole a pu faire du bien, avaient par hasard, cachées dans un petit coin de réserve, quelques pièces d'argent ou même d'or, qui soient là attendant des temps meilleurs pour paraître au jour, je les prierais de vouloir bien m'en confier quelques-unes ; je leur trouverais un placement très-avantageux : avantageux pour les donateurs, car ce sont des prêts à usure dont Dieu est le débiteur ; avantageux pour les pauvres qui souffrent. Votre archevêque sera on ne peut plus heureux de bénir ceux qui voudront bien lui apporter ou lui envoyer cette aumône; il s'en réjouira, car le cœur d'un père est dans la joie quand ses enfants sont soulagés, et il se tiendra pour surabondamment payé de ses sueurs et de ses fatigues. Mais tous sans exception, M. T. C. F., vous voudrez bien me faire encore une aumône particulière, c'est celle de votre affection filiale. Le fardeau de l'épiscopat est bien lourd à porter, surtout à notre époque. Il en est, même parmi les chrétiens, qui pensent tout bonnement que rien ne doit être plus agréable que d'être évêque; mais soyez sûrs que si ceux qui pensent et parlent ainsi, pouvaient essayer de cette croix seulement pendant six mois, ils crieraient peut-être merci. Ce que je dis là, M. T. C. F., ce ne sont pas des phrases à effet, c'est l'expression la plus vraie de ma pensée, et le résultat quotidien d'une expérience qui déjà remonte à près de quinze ans: quinze ans, disait Tacite, grand espace de la vie humaine ! *per quindecim annos, grande mortalis ævi spatium* (1).

(1) *Agricola*, ch. III.

Or, au milieu de ces peines intimes, de ces souffrances souvent d'autant plus douloureuses qu'on ne peut pas les communiquer et qu'on est à peu près seul à les porter, s'il est une chose qui console et qui soutient, c'est l'affection, la confiance et le dévouement des fidèles et du clergé. Aussi à tous, prêtres et laïques, je réclame cette aumône de l'affection filiale, et je promets en retour un amour paternel beaucoup plus sincère que je ne saurais l'exprimer. Cette affection filiale d'un troupeau bien-aimé, je l'appelle une aumône, parce que le cœur qui souffre est comme dans l'indigence, et que l'affection des enfants est la plus grande richesse du père. Elle console de beaucoup de choses, elle réchauffe au milieu du froid glacial des affaires humaines, elle fortifie dans le chemin douloureux de l'existence. Elle permet aussi de faire plus de bien : et quand le cœur de l'évêque, du clergé et des fidèles est uni, J.-C. se trouve au milieu d'eux; mais il ne s'y trouve jamais avec ses faveurs privilégiées qu'à cette condition. Et alors on peut appliquer à ce bienheureux diocèse les paroles de l'Écriture et dire : Ce triple cordon, parfaitement uni et que le malheur a encore resserré, ce triple cordon de l'évêque, du clergé et des fidèles ne peut se rompre, *funiculus triplex difficile rumpitur* (1). Que ce soit là, mes frères bien-aimés, notre devise pour le temps et pour l'éternité.

(1) Eccl., IV, 12.

FIN

TABLE DES MATIÈRES

PARIS. — IMP. VICTOR GOUPY RUE GARANCIÈRE 5.

www.ingramcontent.com/pod-product-compliance
Ingram Content Group UK Ltd.
Pitfield, Milton Keynes, MK11 3LW, UK
UKHW022353090726
13658UKWH00002B/625